Kadokawa Fantastic Novels

魔物討伐部隊的美型騎士
沃爾弗雷德
斯卡法洛特伯爵家長子
古伊德
魔物討伐部隊副隊長
葛利賽達
魔物討伐部隊隊長
古拉特

商業公會的契約書管理者
伊凡諾
轉生的女魔導具師
妲莉亞

魔物討伐部隊的赤鎧
多利諾
魔物討伐部隊的赤鎧
蘭道夫
「這是試用報告，用過的人都寫了。」
妲莉亞拿起報告快速翻閱，時而歪頭，時而露出笑容。
但是她越看表情越嚴肅，臉也越來越紅。
「還有人花了一整頁稱讚

魔導具師妲莉亞永不妥協

～從今天開始的自由職人生活～

甘岸久弥 ②

Amagishi Hisaya

CONTENTS

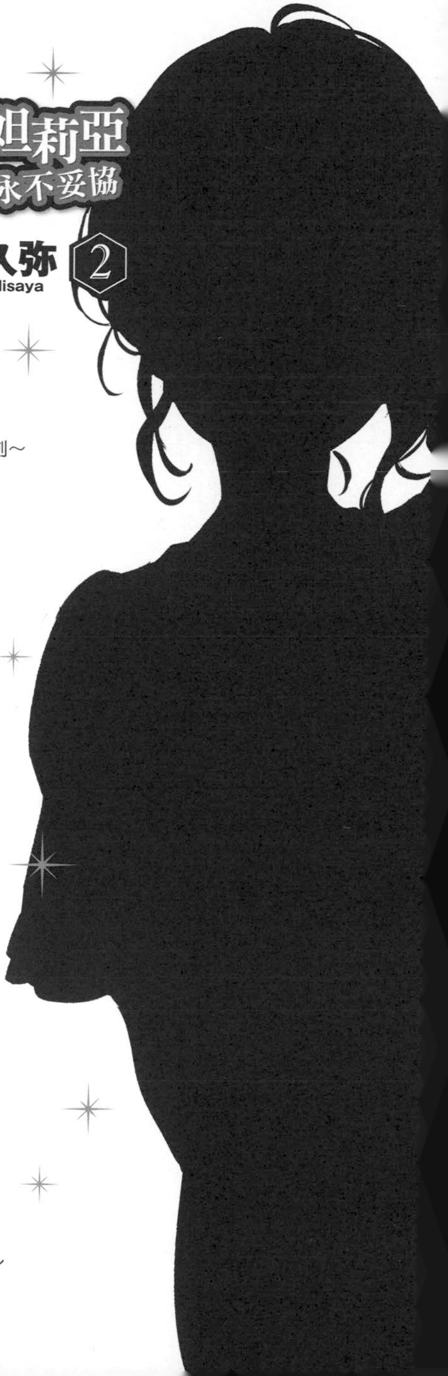

Kadokawa Fantastic Novels

期待相見的兩人

妲莉亞拿著純白的小魔石，冰晶從魔石中冒出，在空中閃耀飄浮。
那些六角形的結晶掉落在工作間地面後，隨即融解消失。
妲莉亞測試完冰魔石，用髮夾將及肩的紅髮重新夾好，擦了擦額頭的汗水。
現在還是初夏，室內的空氣卻又悶又熱。

這座奧迪涅王國的王都，夏天相當炎熱。比起前世的日本，這裡溼度低，氣溫卻較高。
之所以會拿奧迪涅和日本做比較，是因為妲莉亞是個轉生者。
她轉生在一個有魔法、魔物的世界，也就是前世所說的奇幻世界。
妲莉亞今世的父親是個魔導具師，她也因此踏上魔導具師之路。
魔導具師相當於職人，他們會運用魔石與魔物素材，製作各種不同用途的魔導具，例如洗衣機、吹風機等家電用品，以及解毒、解除麻痺的首飾，種類不一。

妲莉亞製作魔導具的場所是座古老的石塔，那裡既是她的工作場所，也是她的家。石塔上爬滿藤蔓，一片綠油油，所以周圍的人都稱它為「綠塔」。

「今天好像會下雨……」

這不曉得是妲莉亞今天第幾次望向窗外。她看著烏雲密布的天空，不禁嘆了口氣。今天是她和朋友約定見面的日子，她從幾天前就開始期待。

然而，昨天朋友卻來信說「部隊突然要遠征」。對方向她道歉沒能遵守約定，並說遠征歸來時會馬上聯絡她。那封信似乎未乾就被摺了起來，深藍色的墨水有點暈開。

她的朋友沃爾弗是奧迪涅騎士團，魔物討伐部隊的赤鎧(skarlet armor)。

在這個世界，強大的魔物或數量眾多的魔物有時會威脅到人類的生活。打倒那些魔物就是魔物討伐部隊的工作。

魔物神出鬼沒，以致遠征總是決定得很倉促，妲莉亞明白這點，因此並未太驚訝。

不過，今天沒能依約嘗試短劍的魔法賦予令她覺得很可惜。沃爾弗在這惡劣的天候中行軍也令她憂心，不知道他有沒有好好吃飯。

他的實力強到足以擔任率先迎擊魔物的赤鎧，所以妲莉亞不擔心他會受傷或遭遇不測。

妲莉亞站起身，打開牆邊的冷風扇。涼風立刻吹到她身上。

現在這個時期賣得最好的魔導具就是冷風扇，它的外型就像將四枚扇葉的電風扇裝進白色的方箱中。

魔導具師奧茲華爾德發明的冷風機有兩種類型，一是使用水魔石的「冷風扇」，二是使用冰魔石的「冰風扇」。後者較為昂貴且尚未在市面上普及，但如她前世的冷氣般沁涼，之後一定會大受歡迎。

魔導具能使生活變舒適，人們只要體驗過一次就欲罷不能，和前世的家電一樣。

妲莉亞希望自己有天也能做出冰風扇。

工作間擺著一個銀色大箱子，那是妲莉亞請人做來給她試做用的。她這次試做的是「附冷凍庫的冰箱」。剛才測試冰魔石就是為了做這個冰箱。

冰箱這種魔導具已被發明，但市面上的冰箱沒有冷凍庫，容量也很少。妲莉亞想改良這些缺點，便請認識的工房做了這個箱子。

用來試做新型冰箱的銀箱共有三層，每層都有門。

妲莉亞前世用的冰箱從上到下分別是冷藏室、蔬果室、製冰機和冰溫保鮮室、冷凍庫。今世考量到冷空氣會下墜，則將試作品從上到下規劃為冷凍庫、冷藏庫、蔬果區。

她檢查了一下冰箱內部，附著魔法總算穩定下來了。

她在冰箱內貼了藍史萊姆的加工品。那藍色的半透明物體很容易讓人聯想到黴菌，可惜還沒找到替代品，只能先用這種材料。

妲莉亞繞到冰箱後側，她雖然只用便條交代了大致形狀，但工房已替她接上了冷卻用的格狀銀色魔法管，並穿進內部。冰箱側邊也掛著用以放置魔石的魔石袋。

替她製作這種大型魔導具外殼的是一名從她父親那輩就和他們家有往來的工匠。成品非常完美，彷彿知道妲莉亞想做什麼一樣。

妲莉亞雙手戴上防寒手套。

她將冰魔石裝進魔石袋裡，計算魔力流動的方向和多寡，讓冷空氣通過格狀管。

她讓上層冷到東西會結凍的程度，中層較弱，下層則利用中層下墜的冷空氣來保鮮。

妲莉亞試著關起冰箱門，冷空氣外漏的問題十分嚴重，她因而用魔法賦予將克拉肯(kraken)做的膠帶黏上去。克拉肯膠帶和橡膠類似，是很好的密封材料。

不過，開關冰箱門時會傳來些許「啾哇」聲，令妲莉亞不禁想像那裡有隻小小的克拉肯。然而她想像中的克拉肯體型雖然小，卻不太可愛。她可能需要多磨練想像可愛事物的能力。

妲莉亞檢查完冷空氣的運行後，在最上層放入裝水的木杯，第二層放酒，第三層放柳橙。接下來只要觀察溫度變化，靜觀其變就好。

若能順利做出「附冷凍庫的冰箱」，她之後還想在冰箱中加入「自動製冰功能」。若冰與風魔石設置得宜，或許還能做出比前世更方便的「自動製冰無線冰箱」。她的夢越作越大。

製作上的困難點在於如何利用風的控制魔法移動做好的冰塊。

還有一個問題是冰魔石的維持費很貴，但只要做好密封、提升效能應該就行了吧——妲莉亞左思右想，不斷寫著筆記。

她看著冰箱的銀色忽然想到，冷凍庫裡如果放兩個冰魔石，也許能達到便利的「急凍」

效果。

兩個魔石的加乘作用可以提高輸出功率。雖然一個魔石便足以冷凍食物，不過多加一項「急凍」功能也不錯。

妲莉亞原本沒有要加入這項功能，但這是試作品。既然是試作品，就該將想到的點子全部試過一遍。她用這個不太合理的理由支持自己的好奇心，決定嘗試一下。

這雖然仍在外殼的安全值內，她還是小心地用魔力使魔石袋變形，將兩個魔石放進去。她還用指尖注入魔力以控制其流量。

這時窗外倏地出現一道閃電，數秒後雷聲大作。

她想起遠征中的沃爾弗，瞬間分心。

「啊！」

極其刺耳的「啪嘰」聲傳來，隔了一拍後是微妙的「劈哩」聲。

妲莉亞連忙從魔石袋中取出冰魔石，底下那個已裂成兩半。她剛才在慌亂中注入太多魔力，造成前所未有的失敗。

她緊張地拉開冷凍室的門，想確定內部有無損壞，卻只拉得開幾公分。

「哇……都是冰。」

門縫後方是一片美麗的冰牆。

以結果來說，急凍成功了，最上層全都是冰。但這樣的冷凍庫能用來幹嘛？什麼都放不進去。這意外的失敗使妲莉亞沮喪不已。

冰箱門沒辦法再拉更開了。妲莉亞別無他法，只好等冰融化。

這次還是捨棄急凍功能，等冰融化再用一個魔石重做吧——她邊想邊在冰箱下層多放了一瓶今晚要喝的葡萄酒。

那瓶是沃爾弗喜歡的不甜白酒。今晚的酒喝起來肯定會苦一些。

⬢ ⬢ ⬢ ⬢ ⬢ ⬢

有著黑髮和黃金色眼眸的俊美青年一臉嚴肅地盯著黃昏的森林。

他是奧迪涅王國的魔物討伐部隊中負責打頭陣的赤鎧——沃爾弗雷德·斯卡法洛特。

王都東方的幹道上出現了哥布林(goblin)——部隊接獲商隊通知後隨即出動。

沃爾弗進入部隊後討伐過好幾十次哥布林。

他們要做的就只是確定該魔物的數量與狀況，將其消滅後回到王都。

工作量雖然不大，但今天是他的休假日。他本來打算買好午餐和酒，帶著新的酒杯，前往妲莉亞所在的綠塔。他們預定要為短劍進行魔法賦予。

沃爾弗期待能做出有多種魔法的人工魔劍，為此興奮不已，最近這三天訓練都擺笑臉。

沒想到從王都騎馬要花半天才能到的地方出現了哥布林。光是來回就要花一天。

他連忙寫信道歉，並說歸來後會聯絡對方，派遣使者送信至綠塔給妲莉亞。

騎馬趕路的過程一如往常，然而到達當地後，他的心情卻突然鬱悶起來。

部隊追著幹道上忽隱忽現的哥布林，追到森林中間一座興建中的小聚落。牠們增生的個體似乎正準備蓋新的村子，而且還蓋在幹道旁邊。除了全數殲滅外，部隊別無選擇。

單純計算下來，確認要花一天，攻防也是，後續處理和回程也一天。時程拖很長。

這是常有的事，但今天的沃爾弗卻特別焦躁。

「聚落所在的位置不能用火，也不太通風。」

和部隊同行的魔導師們面有難色地盯著森林深處，每張臉都被夕陽逐漸染紅。

「真想用水攻，可惜水沒辦法沖毀聚落。」

藍髮男人拿著長槍，輕嘆了口氣。

他是魔物討伐部隊的副隊長——葛利賽達・蘭札。

隊長古拉特留守在王都，這次遠征由葛利賽達帶隊。

他和沃爾弗一樣高大，身材卻厚實得多。但他長相斯文，就算自稱文官也說得過去。

這一帶都是森林，森林中的哥布林聚落尚未全面整地，只用木頭搭了好幾棟小房子。

用火魔法可能會延燒到周圍，想用風魔法又會被樹擋住，也不能一口氣用水魔法沖毀。

面對這種情況，最標準的做法就是包圍整個聚落，逐一殲滅。

「葛利賽達副隊長，方便談一下嗎？」

這男人很少主動搭話，葛利賽達見他走來，驚訝地睜大藍眼睛。

「怎麼了，沃爾弗雷德？」

「我們可以趁哥布林回巢時，用巨響引誘牠們出來，再派先鋒衝進聚落，就能釣到哥布林的戰鬥員。先鋒發動攻擊後，其他人再包圍殲滅殘黨，您覺得如何？」

「這樣確實能縮短攻擊時間，但聚落的路窄小崎嶇，先鋒不會有危險嗎？」

「沒問題。」

葛利賽達直視沃爾弗，那雙黃金色眼眸沒有一絲動搖。

看樣子這個男人信心滿滿。

「你竟會提出作戰策略，還真少見。」

「我只是希望早點結束這場戰鬥。」

沃爾弗瞄了眼王都的方向說道。搭話的隊員用力點了點頭。

「說得也是，天氣開始轉陰了。」

天空中的雲層有點厚。

今晚如果下雨，紮營會很麻煩，明天戰鬥時也會很難行走。

人類的體重比哥布林重。要是腳陷進泥巴，被整群哥布林纏上可就糟了。沃爾弗似乎預見了這點，才如此提議。

「這提議很好，但要由誰擔任先鋒呢？」

「既然是我提的，當然由我來擔任。」

沃爾弗的表情和平時一樣，沒有絲毫高傲。

葛利賽達點頭答應後，吩咐他將作戰內容告訴其他赤鎧。

年長的隊員看著沃爾弗快步離去的背影，感慨地瞇起眼睛。

「沒想到他會主動提出作戰計畫，沃爾弗雷德真的長大了。」

「對啊，真令人開心。希望之後能將他從赤鎧的位置拔擢上來，率領全隊。」

葛利賽達對隊員的話深感贊同。

沃爾弗除了身體強化外，不會任何魔法，他剛入隊時人們說他「找死」，過些時日又稱他為「無謀之人」，對他的評價一直不是很好。

還好他努力不懈，總算憑著實力和實績顛覆這些印象。

直至今日，他不只能打倒魔物，還開始綜觀全隊局勢。葛利賽達很想好好稱讚他一番。

不過，沃爾弗本人腦中其實只有「好想早點回家」六個字而已。

全隊商量完，決定在日落時分發動奇襲。

黑髮青年在紅色夕陽下仔細做著暖身運動。脖子、肩膀、手肘、雙腿，由上到下伸展肌肉。若不這麼做，用身體強化戰鬥完肌肉會很痠痛。

他接著檢查防具，連有點滑掉的鞋墊和襪子也調整過來。因為它們在行進中被汗濡溼，可能導致腳滑或步伐不穩。最後連鞋帶也檢查了兩次。

有些隊員瞥見他這副模樣，竊竊私語起來。

「沃爾弗最近常常傻笑，是不是力氣過剩啊？」

「他打完飛龍（wyvern）後被迫休假，今天可能想當個『魔物殺手』發洩一下吧。」

「今天我倒開始同情魔物了。」

沃爾弗檢查完裝備後，拔出長劍，將劍鞘放在原地。

放下劍鞘不是騎士應有的行為，但他覺得劍鞘在跑步時很礙事，再加上他初次上陣時劍鞘曾被魔物劈斷，所以他後來都不帶。

他拿著配給的長劍，這把劍的劍刃已染成黑色，拔劍後不會反射光線。

沃爾弗調整呼吸，就定位等待日落。這次出動的赤鎧共有三個人，沃爾弗打頭陣。

殘留著紅色餘暉的天空下，響起好幾道激烈的銅鑼聲。

寂靜的聚落變得鬧哄哄一片。副隊長看見綠哥布林蜂湧而出後，一聲令下。

一名赤鎧衝出去，隔了一拍，另外兩名赤鎧接著出動。

跑在前頭的沃爾弗異常快速，宛如鬼神一般。

正面冒出一隻哥布林，他揮劍斬斷。

右側冒出一隻哥布林，他舉劍砍殺。

左側冒出一隻哥布林，他橫劍劃破。

黑劍彷彿裁切薄紙般俐落舞動。

一瞬之後血才噴出，這時男人已向前移動。

晚一拍出發的兩人被他甩在後頭。他不受崎嶇地勢影響，獨自狂奔。

想要撲到他身上的哥布林們被他在空中砍成兩半。

旁觀者不禁同情起接著竄出的那些小小身影。

「殺成那樣，已經分不清誰是魔物了……」

「那些滿懷希望追尋新天地的族人，正被魔王沃爾弗掃蕩。」

「別說了，這種玩笑會讓人上癮。」

隊友們若無其事地聊天，同時拔劍出鞘，再次確認護肘會不會太鬆。

沒有人繃緊神經。如常的討伐，如常的行動。就算隊友死在身邊，他們也必須以平常心前進，不然下一個死的就是自己。

他們忽然看見奔跑的男人面前冒出一隻紅哥布林。

唯有那隻哥布林身穿長袍，手持魔杖。

「沃爾弗小心！是哥布林魔導師（goblin wizard）！」

有人對他大喊，也不知道他有沒有聽見。

哥布林魔導師詠唱完畢，無數火箭朝沃爾弗落下。

然而他在那陣紅雨中不但沒有減速，反而還加速了。

黑影衝破滂沱箭雨，砍斷哥布林魔導師的頭。

殺出一條血路的男人終於停了下來。

在滾動的哥布林頭顱旁，他用力甩了劍上的血在地上濺出一道綠色直線，暗示隊友時機成熟。

「突擊！」

隊員們在副隊長的號令下衝出。過不了多久，殲滅行動就結束了。

戰鬥結束後，現場一片悠閒。隊員們七嘴八舌地邊聊天邊收拾善後。

「我也來幫忙，這樣會快一點。」

「沃爾弗，當先鋒很累吧？你去休息啦。」

「沒關係，我想讓工作早點結束。」

沃爾弗擦也不擦汗溼的額頭，加入搬運哥布林屍首的工作中。儘管同伴阻止他，他還是閒不下來。

他們收集完哥布林的屍首後，會用土魔法的人挖坑，會用火魔法的人焚燒，沒事做的人掩埋。然後在土堆上灑了些紅酒，各自默禱。

魔物也是生命。然而，牠們和人類無法共存就免不了一戰。

討伐結束後，魔物討伐部隊總會為魔物祈禱，讓工作圓滿落幕。

這天他們不想在夜晚行軍，便選在稍遠的地方紮營。

「今晚雖然只能吃乾糧，但酒還有剩喔！想喝酒的來找我領！」

任務提早幾天結束，原本準備的葡萄酒還剩很多。

「我去拿。沃爾弗要白酒對吧？」

「抱歉，我今天想喝紅酒。」

「真稀奇，你竟然想喝紅酒。啊～那些愛開玩笑的人可能會說你是嗜血魔王吧……」

「什麼意思？」

「沒事。紅酒是吧？我這就去拿。」

「那就在這裡吃晚餐嘍。」

沃爾弗站在篝火前笑著和隊友聊天，伸了個大懶腰。

明天應該就能回到王都，遠征後能放兩天以上的假，放假再去綠塔——他已經開始想這些事了。

副隊長葛利賽達和一些壯年隊員正在另一堆篝火前暢飲。他們遠遠望著沃爾弗所在的那堆篝火。

「任務平安結束。他竟能在崎嶇的道路上跑那麼快……我覺得我被年輕人超越了。」

「沃爾弗處事上也成熟許多，行動時還會想辦法縮短作戰時間……前途不可限量啊。」

隊員們像在討論孩子的成長般，副隊長聽了則深深地點頭。

「是啊，沃爾弗雷德未來的發展真是令人期待。」

製作人工魔劍～魔王部下的短劍～

昨天中午過後，沃爾弗派使者來找妲莉亞。

她以為和上次一樣收信就好，不料使者站在門口笑著說：「請您看完信後給個答覆。」

她連忙拆開信件，信上寫著：「我遠征歸來，明天起放假兩天，方便的話我想挑一天中午前去找妳。若妳太忙就下次再說。」

使者說口頭或書信答覆皆可，不過他已準備好信紙。

妲莉亞用使者借她的木盤當作墊子，寫下：「很高興你平安歸來。我明天有空。」並附上簽名。她覺得自己的字在高級信紙上顯得醜陋不堪。

使者鄭重道謝後便離開了。

今天，沃爾弗搭乘接送馬車來到綠塔。

妲莉亞出門迎接，見到一個個大木箱從馬車卸下堆成小山，她目瞪口呆。一箱是魚和肉，一箱是蔬果，還有一箱是酒和數種起司。這麼多食物，一兩個人絕對吃不完。

「請問……你為什麼帶這麼多食物來？」

「之前我在妳家吃了很多，這些是回禮。裡頭都有冰魔石，食物裝在裡面應該能放上好幾天。」

「謝謝，但下次真的不用這麼費心。」

他好像還很在意上次吃飯的事。木箱重到妲莉亞搬不動，只好請沃爾弗搬到二樓。

他一進綠塔就摘下妖精結晶眼鏡，小心放進自行準備的黑色皮盒裡。妲莉亞看了差點笑出來。這副眼鏡是為了他做的，見到對方如此重視自己做的魔導具，她當然很開心。

「這是冰箱嗎？」

「對，但還在試做中。上層可以冷凍食物。」

「具有冷凍功能的冰箱！真厲害。」

沃爾弗看見工作間的冰箱，眼睛為之一亮。

妲莉亞前天試做的冰箱終於退冰，可以用了。

她打算過幾天請馬切拉幫忙搬上樓，放在廚房試用一陣子。

「這個冰箱已經有人訂了嗎？」

「不，我打算搬到二樓的廚房自己試用。冰箱很重，我想請運送公會的朋友幫忙搬。」

「那我現在幫妳搬上去好了，我買來的食物也可以放進去。」

「可是這個很重耶。」

對扛著三個大木箱的男人說這種話好像不太對，但這個冰箱應該比木箱重很多。材料中用了金屬板，重量不免會提升。

外殼送來工作室時，也是由兩名男性搬來的。

「不好意思。」

沃爾弗將木箱放在腳邊，稍微捲起袖子，抱住冰箱。

他晃了兩下確定該抬的位置，找到重心後，輕輕鬆鬆將冰箱打橫扛起。

「比想像中輕。不過體積有點大，我會小心不撞到旁邊。」

「哇……」

男人步伐快速，讓人感受不到重量，妲莉亞不禁發出驚嘆。看樣子他隨時能轉職到運送公會。

「真的不重嗎？」

「一點都不重。紅熊(red bear)比這個重多了。」

「你抱過紅熊？」

妲莉亞腦中浮現將熊「公主抱」的沃爾弗，連忙搖了搖頭。

「我當時拔不出劍，見熊跑了過來就徒手將牠拋飛。即使用了身體強化，但好一陣子手腕都怪怪的。」

她這次想像的是和熊比賽相撲的青年，只好再度拋開妄想。

原以為爬樓梯和進門時會有問題，結果都沒事。沃爾弗就像在搬紙做的櫃子一樣。

他在指定處將冰箱輕輕放下後立刻回到一樓，扛起所有木箱。他的步履還是那麼輕盈。

而後，妲莉亞像在拼拼圖似的將食物塞滿整個冰箱，並在裝有酒和起司的木箱裡發現四個華麗的銀盒。

「我打破了酒杯，那是說好要賠妳的。白酒杯和紅酒杯各兩個。」

「……沃爾弗，為什麼每個酒杯都用魔封盒裝著？」

「……呃，這樣比較好看，也比較不會破……」

他的語調不知為何有些奇怪。

這怎麼看都是用來裝魔導具的魔封盒。外頭刻著美麗的女神像，可能是在魔導具店「女神的右眼」買的。

妲莉亞打開盒子，輕輕拿起透明酒杯，對著光線一照，酒杯便像稜鏡般閃爍七彩光輝。她心想這酒杯真好拿時，忽然感受到些許魔力流動。

「沃爾弗，酒杯一般都是玻璃，但這應該是有魔法賦予的高級水晶吧？能問價格嗎？」

「不會很貴。這組既漂亮又有硬度強化功能。」

「所以是多少錢？」

妲莉亞問了兩次，沃爾弗將視線往斜下移開。

「……四枚金幣。」

「……我出一半。」

他竟然買了這麼貴的東西。這種酒杯確實不容易破，但如此高級的東西她平常根本不可能用。一個酒杯大約十萬日圓，整組四十萬日圓已超出她能接受的範圍。

「不用了，是我自己想買的。」

他到底在想什麼？這組酒杯是要在這裡用的，而且用的人只有他們兩個。

要是酒杯有任何損傷，她肯定會自責好幾天。

「沃爾弗，我們身處的環境不同，金錢觀可能不太一樣。但你送我這麼貴的酒杯真的太奇怪了。」

「真要說的話，妳不也說那副魔法賦予的妖精結晶眼鏡是試作品，要免費送給我嗎？」

他說的沒錯，但那是以用不到的庫存做的東西，和他花錢買來的東西不能相提並論。

「不對，試作品本來就要請人試用，才能知道哪裡需要改善。」

「那雖然是試做的，但我用起來完全沒問題，已經能當作完成品了。」

「……好吧，那我只會在你來的時候用這組酒杯。」

「我希望妳平常就拿來用。而且酒杯如果破了，我再買就好吧？這個價格對我來說負擔不大，妳別在意。」

眼見沃爾弗笑著說得理所當然，妲莉亞明白了一件事。

沃爾弗只是順著自己內心的想法，想將酒杯「送給」妲莉亞。他既不是在做人情，也沒在為自己今後的利益打算。

然而他並未發現，這可能會影響他們今後的關係。

他們是朋友，不是資助者與被資助者。

至少妲莉亞不希望變成那樣。

「我很高興你有這份心意，但我不想一味『接受』朋友的贈予。因為……假設有個比你富有的朋友，經常買很多昂貴的東西給你，和他長久相處下去，你應該也會覺得自卑或不好意思吧？」

儘管知道可能使對方不悅，她還是慎選用詞，傳達自己的想法。

男人黃金色的雙眼睜大了些，而後緩緩垂下視線。

「……抱歉，聽妳這麼一說我才明白。」

「不會，我知道你很用心，也很感謝你。這組酒杯在你眼中一定不是什麼特別的東西。我也會將眼鏡當作商品而非試作品，酒杯一半的錢就算進眼鏡的費用吧。我收了你的東西，會好好製作第二副眼鏡的。」

「妳要把技術費也算進去，用市售價格賣給我。」

「好，我會那麼做。」

他們向對方點了點頭，繼續將食物收進冰箱。

收完食物，窗外已是日正當中。

「午餐要吃什麼呢？食材這麼多，還是自己做比較好。但我擔心……我做的菜不合你的胃口。」

「上次的起司鍋真的很好吃，我相信妳的手藝。如果要烤肉的話，我也可以幫忙。」

「咦？你會做菜嗎？」

沃爾弗光憑起司鍋就相信她的料理手藝，讓她覺得難以理解，但更令她驚訝的是他竟然會做菜。他上次來也幫忙洗了碗盤，看來魔物討伐部隊遠征時真的不分平民或貴族。

「我只會切肉和烤肉而已。我們遠征時可以獵捕動物或魔物來吃，所以我向廚師學了些基本技巧。那些肉都沒有熟成，如果未經處理就烤來吃，甚至烤成焦炭，吃了之後胃會很不舒服……」

部隊討伐魔物時出生入死，若盡是吃些未經處理或烤成焦炭的肉就太可憐了。倘若因此搞壞身體也不值得。

「用魔導爐來烤肉會不會好一點？」

「嗯，那樣就不會烤焦了。」

「我們中午就試著用小型魔導爐來烤肉吧。」

「麻煩妳了。」

烤肉就和料理手藝沒太大關係了，妲莉亞稍微鬆了口氣。

兩人在廚房裡分工合作，沃爾弗切肉，妲莉亞切菜並做簡單的沙拉。

「牛肉、豬肉、醃克拉肯……我先把這些切一切。」

那些肉看起來異常大塊且有光澤，是她的錯覺吧？醃過的克拉肯看起來很像章魚，切片烤來吃應該沒問題。

妲莉亞沒見過完整的克拉肯，但料理過的倒是很常見。料理方式多元，可以燒烤、墩煮、鹽烤、煮湯或炒來吃。

克拉肯乾不怎麼受歡迎，但她父親卡洛以前會用魔導爐烤來當下酒菜。不過他老愛站在廚房喝酒，有點礙事。

現在有了小型魔導爐，就能在餐桌上烤了——妲莉亞邊想著父親邊洗蔬菜，眼角餘光忽然瞄到沃爾弗切的豬肉片，厚度都超過兩公分。

「沃爾弗，那樣不會太厚嗎……」

「也對，今天用的不是篝火，該切薄一點。」

「我覺得切成現在的四分之一就行了。」

「不會太薄嗎？」

沃爾弗最後切了好幾種厚薄不同的肉片。

妲莉亞將兩種葉菜類剝開清洗後，和起司、麵包一起裝盤。雖然沒花什麼工夫，但因為食材品質很好，這樣看起來就很好吃。

她回到客廳，在桌上擺了兩台小型魔導爐，用淺鍋和平底鍋充當烤盤。雖然有點寒酸，但希望沃爾弗不要介意。

他們下午還要為短劍進行魔法賦予，所以中午就不喝酒，改喝果汁。

妲莉亞在鍋面塗上薄薄一層油，將肉放上去烤。沃爾弗也模仿她的動作。

「這裡有鹽、胡椒、檸檬和醬汁。醬汁以魚露為基底，加了大蒜、芝麻、蘋果泥。你可以淋在肉上吃吃看。」

最先烤好的是牛肉，妲莉亞撒了點鹽一口吃下。那塊肉不同於她平時吃的牛肉，在舌頭上化開，留下甘甜的油脂。她細嚼慢嚥，心想好的肉吃起來就是不一樣。

豬肉則等完全烤熟後，再撒上鹽和胡椒。吃起來比牛肉有嚼勁，但油脂也很甘甜，而且味道沒那麼重。感覺用煮的也很好吃。

坐在對面的沃爾弗拚命咀嚼。他嘴角上揚，甚至閉起眼睛。

「真好吃……能按照喜好燒烤，還能趁熱吃，真棒。」

「太好了。」

青年終於回到這個世界，但他熱切的目光仍停留在烤肉上。

「……妳的小型魔導爐真是罪過。」

「什麼？」

「之前遠征時若有這東西，我的同伴就不會變少了……」

話題忽然沉重了起來。妲莉亞認為自己開發的商品無關生死，不明白沃爾弗是怎麼將這兩件事扯在一塊兒的。難道有隊員吃了焦炭肉不幸身亡嗎？

「發生過什麼不幸的事嗎？」

「不，只是有人因為不滿伙食而離開部隊，也有人因為搞壞身體而退出。我在想，如果有小型魔導爐，留下來的人是不是會更多，就不小心……」

飲食是生活的基石。就算為了工作而勉強吃下難吃的伙食，忍耐也是有限度的。

魔物討伐部隊願不願意買個遠征用的魔導爐呢？

妲莉亞一定會盡量算他們便宜點。

為了緩解沉重的氣氛，妲莉亞烤起醃克拉肯。

克拉肯一接觸到平底鍋便發出有如哀號的滋滋聲，變得越來越小。

「竟然縮成一半了，總覺得有點悲哀……」

妲莉亞很想說，拜託別用那雙黃金色眼眸感傷地盯著鍋子。

那種眼神比較適合投射在玫瑰或情書上，而非用鹽醃過的克拉肯切片。

「章魚和花枝也會這樣，下次切大片一點吧。」

醃克拉肯有點鹹，但還滿好吃的。

這道菜感覺很下飯。王都從外地引進的米雖然都是長米，但她下次想拿飯來配配看。

妲莉亞胡思亂想了一陣子，忽然發現有種蔬菜完全沒被動過。

「沃爾弗，你怎麼一片青椒都沒吃？」

「其實我被青椒討厭了……」

他別過了他那黃金色的視線。她前世的親戚小孩也說過同樣的藉口。

「我很想說不吃青椒就長不大，但你再長就太高了。」

「騎士團裡有人比我高很多，他說高個子經常會撞到門楣。我聽了也不想再長高，所以不吃青椒。」

「原來如此。討厭青椒的『小孩』很多呢。」

妲莉亞不經意開了個玩笑，但見到沃爾弗嚴肅的表情，她立刻後悔了。

他注視著青椒，默默將它們放進鍋子裡。

「沃爾弗，那個，雖然是我先提起的，但每個人喜好不同，你不用勉強吃青椒喔。」

「不，這是我必須跨越的高牆……！」

他盯著鍋子的眼神令人畏懼。不過青椒既非高牆也非魔物，更不是敵人。

妲莉亞希望他別再這樣，以保她內心平安。

「……你可以等它烤熟後，和肉一起沾醬吃。」

她姑且給了點建議，現場卻有股神祕的緊張感。

沃爾弗將烤好的青椒和肉一起送到嘴邊，閉眼張口吃下。

「……咦？……還好耶。」

「聽說人長大後味覺也會跟著變，所以兒時不敢吃的東西，長大可能會覺得很好吃。」

「滿好吃的……我開始覺得不吃青椒有點可惜了。」

若他吃到青椒肉絲，說不定還會從此愛上。妲莉亞希望有天能做給他吃。

他們後來又切了點肉，總算結束這頓烤肉午餐。

縱然客廳開著窗戶，室內仍瀰漫著烤肉過後的獨特氣味。

「好想把這個爐子帶去遠征，但我一個人吃一定會被隊友殺死……」

「烤肉的香氣太誘人了……」

「妲莉亞，妳要不要來教魔物討伐部隊（我們）怎麼用魔導爐？」

「嗯～好啊，我也希望協助你們改善伙食。」

這個笑話說得煞有其事，妲莉亞不禁笑了出來。

能進入王城的商會屈指可數。需要推薦信和保證人，門檻非常高。

王城本來就不是一般人得以進出之地，但沃爾弗可能沒意識到這點。

「好了，收拾一下，來進行短劍的賦予吧。」

「知道了，交給我吧。」

沃爾弗打算一次端起所有盤子和魔導爐，被妲莉亞阻止後，他們才開始慢慢收拾。

兩人收拾完客廳，來到一樓的工作間，拿出魔法賦予用的短劍。

「讓我們開始吧。」

「我就在等這一刻……」

他們講得宛如迎接波瀾壯闊的命運般，但其實妲莉亞的魔力只能做到效果微弱的賦予。

若能成功在一把劍上完成多重賦予，她還是將做法告訴沃爾弗，讓他委託魔導師或鍊金術師重新打造比較好。她邊想邊將深藍色的工作服遞給他。

「這件給你穿，以免弄髒衣服。」

「這是令尊的嗎？」

「不，我父親的對你而言袖子可能會太短。」

「我等等付妳錢。」

「那你幫我做些體力工作好了，你剛才也幫我搬了冰箱。」

「我才是每次都受惠的那一方吧？」

「你想太多了。穿好工作服後，幫我把劍拆開。」

沃爾弗有些不滿，但受託拆解短劍後，他的表情就恢復正常了。短劍一下子就被拆開，分成劍刃、劍鍔、劍柄、劍鞘四個部分。

「劍刃要賦予硬度強化，還是和菜刀一樣賦予免磨？」

「這把短劍還滿厚的，足夠強韌，還是賦予免磨吧。」

聽完沃爾弗的回答，妲莉亞用指尖為鉛色劍刃賦予免磨魔法。感覺和賦予菜刀時幾乎一樣，但可能因為厚度和材質的差異，劍刃所需的魔力量比較多。

「劍鍔用水魔石賦予洗淨功能，劍柄用風魔石賦予速度強化，劍鞘則是輕量化，這樣可以嗎？」

「嗯，麻煩妳了。」

「我試試看。」

她將劍鍔改造，嵌入魔導具用的小型加工水魔石。再將紅色劍柄的下半部截斷，嵌入小型風魔石。最後在這兩個部位注入魔力以固定魔石。

到目前為止都很順利，但當她想用風魔石對劍鞘進行輕量化時，卻遇到了阻礙。

一部分是因為妲莉亞本來就不擅長輕量化魔法。魔力就像被劍鞘彈開般灌不進去。

「有點困難……」

「劍鞘就算了吧，反正其他部分都賦予成功了。」

「這也是一個辦法，但我想再試試看。」

她將劍鞘轉了個方向，朝收納劍刃的內側注入魔力。這次魔力灌是灌進去了，卻有種被無底洞吞噬的感覺。

「妲莉亞，妳好像在劍鞘上花了特別多魔力？」

「我是從風魔石中抽取魔力賦予在劍鞘上。因為在劍鞘上鑲嵌魔石會很礙事……但這麼做魔力會比鑲嵌魔石來得弱，所以很花時間。而且我也不擅長輕量化魔法。」

擅長輕量化的是她父親。她曾見過父親動著指尖，將彩色的魔力一圈圈繞在魔導具上。

「啊，說不定……」

她轉動劍鞘，讓魔力纏繞在劍鞘上。魔力宛如緞帶，將茶色的劍鞘完整包覆。

「原來不是用灌的，似乎是必須包在外面才行。」

「我在旁邊看覺得很有趣，但妳應該很累吧？」

「我還好。不過組裝短劍需要點力氣，麻煩你了。」

她再用魔力調整了一下，總算完成劍鞘的輕量化。

「劍鍔和劍柄裝了小型魔石，所以會有點重。劍鞘也沒有變輕多少……」

「這樣剛剛好，原本的劍對我來說太輕了。」

沃爾弗說完，原想將劍刃裝入劍柄中，卻疑惑地歪頭。

「魔法賦予應該不會改變物體大小吧？」

「是的。」

「那我只好多出點力了。」

青年施加更多力氣，劍刃卻彈到桌上，順勢滑落地面。

「沃爾弗！你沒事吧？」

「嗯，我沒事。只是被彈跳的劍嚇到。」

沃爾弗撿起劍刃再試一次，兩者仍互相排斥，無法組裝。他還用身體強化試圖組裝，但聽見劍柄發出嘎吱聲就放棄了。

「沒想到竟然組裝不起來……」

「原本沒這個問題，就代表背後有些我們不知道的原因，可見多重賦予沒那麼簡單。」

沃爾弗很沮喪，但這在魔導具的製作過程中只是普通的嘗試，連失敗都稱不上。

「魔導具也是這樣，有可能是賦予的魔法不相容，也可能是我的魔力或素材出了問題。只能思考各種可能性，耐著性子試下去。」

「製作魔導具和魔劍都很困難。我們的魔劍之路才正要開始呢……」

沃爾弗做了個故事般的結尾，事實也是如此。

「這是可以賦予魔法的短劍，所以應該不是劍的問題。至於魔法的相容性……對了，會不會是魔力干擾？我聽副隊長說，用了身體強化魔法，就很難使用水魔法。」

「魔力干擾使部件被彈開……」

如果問題在於魔力干擾，部件之間只要安插阻斷魔力的素材就行了吧。這樣魔力就能各自發揮作用，不互相干擾。

「對了，你說過黑史萊姆能抵抗火、水、風系魔法，還很難剝除對吧？」

「……我好像說過。」

「我想將黑史萊姆粉塗在部件上，看能不能阻斷魔力。」

「妲莉亞，快打消念頭！安全第一！」

沃爾弗猛地站起身來阻止她。

「沒事的。我會留意手套的耐久性，而且有你在，我不擔心。」

「……好吧，出了事我一定火速送妳去神殿。」

為什麼要假設她會出事？她都說會戴手套了。這男人顯然太過操心了。

妲莉亞戴上魔法賦予的手套，用玻璃棒攪拌黑史萊姆粉和藥液。青年監視般的視線令她有點在意，但她還是將注意力拉回工作上。

她將混合好的黑色液體倒入銀筒中，接著陸續將劍刃、劍鍔、劍柄、劍鞘浸泡進去，然後對它們一一施予附著魔法。

「固定好了，你組組看吧。如果還會反彈，就趕快停下來。」

妲莉亞將父親的工作手套遞給沃爾弗，請他組裝短劍。

「這次好像能成功……」

短劍順利組起來了。

黑劍刃配上黑劍鞘、黑劍鍔，還有紅黑色的把手。外觀相當有魔劍的感覺。

「總覺得……就某方面來說確實很像魔劍。」

「這樣也滿帥的，有點像魔王的部下會用的劍。」

他是奧迪涅王國的騎士，說這種東西帥真的好嗎？

而且，要用這把劍的不是魔王部下，而是他本人。

妲莉亞想像他拿著黑劍，身穿黑盔甲，站在故事中的魔王身邊，奸詐地放聲大笑。

她竟不覺得奇怪，甚至覺得很適合，但這也不能怪她。

「這把劍頗為鋒利，也能自動洗淨。揮舞時速度頗快，劍鞘也變輕了。每種賦予都成功了呢。」

她看著沃爾弗熟練地操縱短劍，忽然察覺不對勁。他的手掌正微微冒煙。

「……沃爾弗，你先把短劍放在這塊銀板上，讓我看一下你的手套。」

「咦？怎麼起毛了？」

「手套被腐蝕，你的手差點就要溶化了。等等，我去拿切剩的肉過來。」

妲莉亞從冰箱拿來兩公分左右的薄肉片，放在黑劍刃上。

生肉在劍刃上滋滋作響，逐漸溶化——兩人不發一語地看了兩分鐘。

肉最後變成一攤濃稠的紅黑色液體。

他們竟然造出這麼可怕的劍。

「真的會讓人灼傷……這把劍就不要了，下次換一把新的短劍試試吧。」

「沒關係，只要戴著強效的魔法賦予手套就能拿了，攜帶時可以裝進魔封盒裡。」

「這樣太危險了。你要用它來做什麼？」

會讓主人灼傷的人工魔劍真的行嗎？妲莉亞實在想不到它的用途。

「試砍魔物。」

沃爾弗毫不猶豫地笑著回答。

「……我第一次這麼同情魔物。」

魔物被砍後溶化，光是想像就很不舒服。

不過，將史萊姆磨成粉來用的她也沒資格說別人。

「移動這把劍很危險，我打算把它裝進魔封盒，請魔導師過來去除劍上的魔力。然後拿到回收業者那裡，把它熔燬。」

「由我帶回王城請人處理也可以吧？」

「沃爾弗，這樣別人會認為你將『被詛咒的魔劍』帶進王城喔。而且你在城門口接受行李檢查時，就會被攔下來吧？」

「嗯，也對，這一定會被攔下來……」

他嘴上這麼說，但目光仍離不開黑色短劍，似乎還想用它來砍魔物。

「妲莉亞，那個……我知道這樣有點危險，但能否將它裝進魔封盒裡保存一陣子呢？」

「咦？這把短劍嗎？」

「對，這是我們的第一把魔劍，我想留作紀念。」

「好吧，但將這當作第一把魔劍……」

這把劍確實被賦予了多種魔法，但稱它為魔劍有點奇怪。

妲莉亞還在思考，沃爾弗便露出少年般的笑容，說道：

「我們第一把魔劍，就叫『魔王部下的短劍』。」

⬢ ⬢ ⬢ ⬢ ⬢ ⬢

「雖然離人工魔劍的目標還很遠，但總之我們也算找到一種多重賦予的方法，乾杯慶祝一下吧！」

妲莉亞回到二樓後，愉快地準備酒杯。

「這道菜感覺很厲害。」

「食材不是你買的嗎？」

餐桌上的兩個大盤子擺著尾巴突出盤外的烤鯡魚。這條魚肉質肥厚，應該能吃得很滿足。

妲莉亞剛才挑了一條較不能久放的鯡魚，剖開後加了點酒和鹽，用廚房的魔導爐烤過。

現在吃晚餐還太早，中午吃的又是烤肉。她想吃些輕食，便做了這個。

她將烤得金黃的鯡魚分成兩盤，附上叉子和筷子。

旁邊的盤子上擺著剖半的小黃瓜。這裡沒有味噌，所以她用以搭配的是鹽和市售的美乃滋。

盤中還有中午吃剩的起司、沃爾弗拿來的火腿和蘇打餅。

她完全忘記要做可愛又精緻的餐點。

因為沃爾弗送了她米做的東酒。

那是東之國，又名東國，所出口的白色混濁米酒。

儘管香味有些不同，但喝起來很像前世日本酒中的濁酒。

這瓶酒放在酒箱角落，她很晚才發現。不過決定要烤鯇魚時，她就認定要配這種酒了。

「我第一次看到有人這樣料理多線魚……」

沃爾弗直直盯著鯇魚看。他稱鯇魚為「多線魚」，妲莉亞第一次聽到這種稱呼。

「這種魚通常會做成什麼料理呢？」

「切片香煎吧，也常和白醬搭在一起。」

那樣的調理方式精緻優雅，但若要搭配東酒，還是該用烤的。

「這道菜和東酒很合喔。」

「原來妳也喜歡東酒，太好了。我們隊上有些人不敢喝。」

她在小酒杯中倒入一半東酒，白濁的酒體有種渾厚的質感。

「慶祝我們踏出魔劍製作的第一步，乾杯。」

「希望下次能成功，乾杯。」

他們怕酒杯破掉所以只輕碰了一下，便將東酒拿到嘴邊。

米香撲鼻，嚐得到溫和酒味與濁酒特有的觸感，再來是稍強的酒精燒灼喉嚨的感覺。

妲莉亞覺得這味道既懷念又好喝。

「我去買裝東酒的酒杯吧？用小一點的杯子比較好。」

「要不要一起去買？這樣也能討論要買哪種。」

「好啊，我也想多逛幾間店。」

兩人邊聊邊挑鯤魚刺，沒想到沃爾弗卻陷入苦戰。

仔細想想，貴族用餐時魚刺應該都被挑掉了。

「借我一下好嗎？我用筷子幫你挑。」

「妳好會用筷子。話說這道菜是在哪學的？」

「是父親教我的，他也會指定菜色要我做。」

她沒有說謊，不過教她用筷子的是前世的父親。

今世的父親則經常要她做些下酒菜，或他想吃的季節料理。因此她歷經多方嘗試和失敗後，學了很多菜。

「只用烤的怎麼會這麼好吃呢……」

青年用叉子吃著挑好刺的鯤魚，感慨地說道。

這條魚果然肥美又軟嫩，重點是和東酒很合。

「我覺得香煎鯤魚也很好吃，但要搭東酒，就是要用烤的。」

「原來如此，我一定要記住這個組合。」

妲莉亞猜測他除了遠征外，平時吃得都不錯，因此這種簡易料理對他來說反而新鮮。

隨後，妲莉亞還教他粗魯地用手抓小黃瓜來吃，兩人吃得咔滋作響，聊起今後製作魔劍的計畫。

他們也約定好，雖然這樣吃起來比較香，但以後絕對不能在外面這麼做。

「我後天又要遠征了。每年一到這時候就要去剿滅大蛙(big frog)，還好只有三天。」

用完餐後，他們從東酒換成白酒，聊起遠征的話題。

「大蛙有多大？剿滅起來很辛苦嗎？」

「這個時期牠們還沒完全長大，大概和中型犬差不多。沼澤地很難行走，所以主要由魔導師焚燒，或用風魔法劈開牠們。我們的工作是善後，以及獵捕跳到陸地上的個體。牠們數量很多，因此幾乎所有隊員和魔導師都會出動。」

「有多少隻呢？」

「去年大概有五百隻。」

「……辛苦了。」

剿滅大量出現的巨蛙。妲莉亞絕不想參與這種活動，連看都不想看。

她前世連在動物園看到蟾蜍都被嚇到，根本無法想像中型犬大小的青蛙。這麼大的青蛙究竟能跳多高？

「剿滅大蛙危不危險？」

「還好，牠們攻擊力不高，毒性也很弱。數量太多確實有點麻煩，但更難忍受的是炎熱的天氣。沼澤地沒有風，魔導師又一直用火魔法。儘管盔甲裡的衣服能換，鞋子卻沾滿汗水，溼到分不清鞋裡還是鞋外才是真的沼澤。」

「怎麼不賦予鞋子乾燥魔法呢？」

「鞋子的賦予一定得是『強度提升』。遠征時不確定會踩到或踢到什麼，若不提升強度很危險。」

「那更換襪子、添加鞋墊呢？」

「我們每天都會換襪子，但無濟於事。鞋墊也很快就沒用了。」

「流那麼多汗啊……啊，等我一下，有個東西可能對你們有幫助。」

妲莉亞快步爬上綠塔四樓，前往父親的房間。

她曾為夏天不愛穿襪子的父親訂做過一樣東西。那東西在父親過世兩週後送達，她檢查過，但怕想起父親所以一直收著。

反正她也用不到，就送給沃爾弗替換用吧，就算用完丟掉也沒關係。

「這是『五趾襪』，它能吸收腳趾中間的汗水，穿了應該會好一點。」

「這雙襪子形狀好特別！我第一次看到五個趾頭分開的襪子……」

妲莉亞回到二樓後遞給沃爾弗一雙，他一臉興奮地攤開五趾襪。見他這麼驚訝，妲莉亞反倒有些不好意思。

「你希望襪子和鞋子內部保持乾爽對吧？」

「對，能這樣最好。」

「我來為襪子賦予乾燥魔法。家裡有些沒用過的鞋墊，我想用素材為鞋墊進行賦予……可以讓我實驗看看嗎？」

「我當然沒問題，但妳才剛做完魔劍，不累嗎？」

「我沒事。」

她一旦開始思考試做方法，就將疲累拋到了九霄雲外。

「這些五趾襪是商品嗎？」

「不，是我父親老愛抱怨『夏天穿鞋好熱，不想再穿襪子』……但光著腳穿皮鞋，皮鞋又容易壞，所以我試著做了這種襪子。」

「令尊一定很開心吧。」

「可惜我在他過世後才做完，無法展示給他看。很高興有機會再拿出來。這或許也能預防常穿靴子引起的足癬問題。」

妲莉亞故作開朗地說。

要是父親活久一點，她就能笑著送給他了。因此她決定笑著送給沃爾弗。

兩人來到一樓，在工作桌上鋪了一層銀墊，再放上襪子。

「我賦予襪子的乾燥魔法會稍弱一些。太強會導致皮膚失去水分，剛剛好就好。」

妲莉亞邊說邊拿起火魔石，伸出右手食指和中指在襪子上滑動。

紅色和七彩的細光形成一道小螺旋，纏繞在襪子上。

她想像自己將細小的魔力織進線與線之間，沉默而專注地為左右兩隻襪子進行賦予。

結束那雙襪子的賦予後，她抬起頭，發現對面的沃爾弗一直盯著自己。

「魔法賦予有這麼稀奇嗎？」

「嗯，在旁邊看很有趣。因為我平常只會看到對付魔物的攻擊魔法，或用在自己身上的治癒魔法。」

聽他這麼一說妲莉亞才明白。

他平時用的都是魔導具和武具的成品，應該很少見到魔導具的製作過程。

「再來是鞋墊，我會在這上面賦予風魔法。」

「妲莉亞，那個綠色的粉是什麼？」

「綠史萊姆的粉末。」

那些長得像黴菌的綠粉是綠史萊姆乾燥而成的粉末。

「這種粉固定在鞋墊上能夠促使空氣流動，帶來些許乾燥效果。可惜一旦弄溼就必須丟掉，但可以和五趾襪搭配使用。」

綠史萊姆具有少許風魔法的效果。雖然也能將風魔石黏在鞋子上，不過這樣對穿的人來說相當不便。綠史萊姆儘管效果弱一些，但優點是可以賦予在布料上。

「我這就來進行鞋墊的賦予。」

妲莉亞將綠史萊姆粉末倒在工作盤上，注入藍色藥液，接著邊用玻璃棒攪拌邊用指尖注入魔力。粉末和液體靜靜地混合在一起，逐漸變黏稠。

她倒了些黏液在鞋墊上，指尖放出細小魔力，使黏液均勻地擴散開來。

沃爾弗看見綠色黏液緩慢蠕動，不禁蹙眉，但它並不是活的，只是被魔力驅動而已。不過流動方式的確有點像史萊姆。

單面綠色的鞋墊就這麼完成了。外觀雖然有些詭異，但為使鞋子內部保持乾爽，也只能請沃爾弗忍耐一下。

「沃爾弗，可以請你試穿看看嗎？」

「好。」

沃爾弗脫下自己的襪子，換上五趾襪。英俊青年穿五趾襪的畫面好像還滿珍貴的──妲莉亞打住想法，開始懷疑自己的腦袋。

她輕咳一聲，請沃爾弗確認鞋子尺寸後，將鞋墊剪成適合的大小。

「好厲害！一換上五趾襪，汗水感覺就乾了。鞋墊也很不錯。」

「太好了，那我就趁此機會把剩下的也賦予完吧。」

她不看沃爾弗的臉，開始為其他五趾襪和鞋墊進行賦予。

可能因為已經習慣流程，她如今能在賦予的同時放慢語速聊天。

兩人聊著魔導具、魔劍和魔物等話題，直到晚上才全部完工。

「這些多少錢？這次一定要讓我付。」

「嗯……我不收你錢，但可以請你寫一份試用報告嗎？」

如果算他免費，他可能會過意不去，所以妲莉亞提議請他寫份試用報告。她也曾請好友伊爾瑪寫過。

「報告？」

「對，請你在沼澤地試用過後，告訴我襪子和鞋墊是否真能除溼，會不會用久了就報銷，吸汗效果如何，有任何發現都能寫下來。這種穿戴在身上的東西，只有實際使用的人才知道好不好用。」

「妳要給我幾雙呢？」

「全都給你。這些襪子和我的尺寸不合，我也不穿五趾襪。之所以有這麼多是因為向工房訂做時最少要訂十雙。要是你用不著，送給別人也沒關係。」

「知道了，我會好好寫報告的。」

妲莉亞心想，自己囂張地要求王城的騎士撰寫五趾襪和鞋墊的報告，這樣真的好嗎？但她越來越好奇，這些東西在溼氣重的沼澤地是否有效。

如果成效不錯，她就再訂做一些給沃爾弗用。

「我六天後有兩天假，妳方便的話，要不要一起去買裝東酒的酒杯？」

「好啊，只要沒在趕出貨，我基本上都有空。」

「那我遠征回來再派使者來找妳。」

他們回到二樓，喝著葡萄酒，約好下次一起出去。

每次傾斜沃爾弗買的酒杯，表面和底部都會泛起七彩光澤。

那彩虹美到讓人想一直凝視它。

公爵家的魔女

「沃爾弗雷德，三週沒見了。」

黑扇後方響起甜蜜而溫柔的嗓音。

艾特雅．加斯托尼。

在本國的公爵四家中，加斯托尼家權勢最大。艾特雅是現任當家的母親。

她四十多歲時丈夫病逝，公爵家由她兒子繼位。但其子年紀尚輕，她便和小叔共同輔佐兒子，出入各種社交場合。

艾特雅的美貌從未衰退，完全看不出年紀。不知是因她的外貌，還是因為她手裡握有的權力，人們私下稱她為「加斯托尼家的魔女」。

貴族間盛傳，艾特雅與沃爾弗過從甚密。

沃爾弗確實經常造訪艾特雅的住處。

他今天也穿著黑色絲綢的衣著來到她面前。

「沃爾弗雷德，最近有什麼開心的事嗎？」

略為低沉的女聲緩慢響起。

她有一頭令人眩目的金色長髮，微捲的長髮散落在被黑洋裝包裹的白瓷肌膚上。深邃的翡翠眼眸上有著長而濃密的睫毛，使那雙眼睛看起來有些睏倦。

「飛龍帶我出去玩了一趟（vacances）。」

「是，我聽說了。真是刺激又有趣，但別玩得太過火。」

艾特雅垂下扇子，橘紅色的嘴唇嫣然一笑。

「艾特雅夫人最近過得如何？」

「一如往常。不過……又要請你來晚宴上接我了。」

「您身邊又出現煩人的小鳥了嗎？」

「可以這麼說。」

沃爾弗要做的是在艾特雅參加別人家的晚宴時，搭她的馬車去接她。兩人回宅邸後有時會喝點葡萄酒，有時就只是各自回房。

隔天早上，沃爾弗只要搭著艾特雅的馬車回到王城前，就能營造出對彼此有利的謠言。

「你呢？還是一樣容易沾染桃花嗎？」

「……不，發生了一些事，我現在終於敢一個人上街了。」

「這樣啊，我就不問你是怎麼做到的，但這件事很值得慶賀。」

艾特雅向一旁的侍者使了個眼色，侍者便將酒杯和白酒端上桌。

「我也好想一個人漫步在王都街頭。」

這個願望或許永遠無法實現。她自己也知道這點，但仍開心地舉杯。

「恭喜你從旅途歸來，乾杯。」

「感謝我如此幸運，乾杯。」

酒杯發出清脆的碰撞聲，兩人同時將酒杯送至嘴邊。

沃爾弗默默嚐了口酒，率先開啟話題。

「我在旅行回程中，認識了一位有趣的女子。」

「哎呀，很少聽你主動聊這種事。已經和對方過夜了嗎？」

「我們天南地北一直聊到早上，然後變成了朋友。」

「真好，你又多了位好友呢。」

「是，能遇見她真的很幸運。」

艾特雅望著笑盈盈的青年，表情中帶了點懷念。

沃爾弗第一次見到艾特雅，是加入魔物討伐部隊一個月之後。

他某天突然收到有著公爵家印記的白色信封，邀他共進下午茶。

這種邀約他從未答應過，但信中的一句話讓他動心了。

清秀的字跡寫著：「一起聊聊凡妮莎的往事吧。」

凡妮莎是沃爾弗母親的名字。

他聽說母親當年保護的就是艾特雅，而且她們認識很久。他雖然有點提防對方，最後還是受母親的名字吸引，決定去見艾特雅。

公爵家派了輛馬車來迎接他，將他邀進宅邸。

初次見面，沃爾弗被她凍齡般的美貌嚇到，同時也莫名想起了母親，儘管她們長得一點都不像。而艾特雅的第一句話也是：「你和你母親長得真像。」

他們坐在桌前，沃爾弗假裝喝著紅茶，聽她說話。

「我和你母親從初等學院時就是朋友。我曾對她說我想找個女騎士隨身保護我，她從高等學院畢業後，我也求她留下來，別去學習新娘禮儀。沒想到她還是被你父親看上……」

「原來是這樣。」

「我們是很好的朋友，無關身分和性別，從認識後就一直在一起。原以為從高等學院畢業後也能攜手走下去……」

艾特雅就像在談論戀人般，沃爾弗不知該回些什麼，只能默默望著她。

「凡妮莎……對我而言無比重要。」

艾特雅取下藏在胸前的金色墜飾，放在桌上。

打開外殼，裡頭是三名可愛幼童的照片。應該是艾特雅的孩子，他們有著金髮以及藍或綠色的眼睛。

玫瑰色的指甲轉動墜飾外殼，原來底下還有一張肖像畫。

那是他母親年輕時的模樣。儘管她穿著高等學院的制服，沃爾弗還是覺得很懷念。

母親乍看面無表情，其實是在微笑。

只有親近的人才知道這一點。

「……我、明白了。」

沃爾弗不曉得這份感情是友情還是愛情。

但他能感受到眼前的女人到現在依然很重視他母親。

「我想拜託你一件事。請告訴我……你們相處的點點滴滴和她臨終前發生的事。」

沃爾弗一點一點說出自己和母親的回憶，說出她最後是怎麼離開的。

艾特雅從頭到尾都沒有插話，一直認真聆聽，偶爾點點頭。

沃爾弗並未提及家中內情，但他猜艾特雅應該知道。而她也沒有追問這些事。

當他全部說完時，下午茶的時間早已結束，來到傍晚。

他一回神才發現自己失去戒心，喝了三杯紅茶。

「謝謝你告訴我這些。時間不早了，一起用晚餐吧。你會喝酒嗎？」

「還行。」

「那就是會喝嘍？」

沃爾弗沒料到自己會和她共進晚餐。用餐時，換艾特雅說他母親的事。

她們在初等學院解數學題時，因同時嘆氣而開啟了話題。凡妮莎親近之人都叫她「凡」。她來上學時頭髮經常亂翹，艾特雅便教她綁辮子。凡妮莎嚮往冒險者的生活，她們曾熬夜看冒險故事，隔天一起遲到。凡妮莎從學生時代劍術就很好，卻在校外教學時看見小蟲而慘叫——沃爾弗從不知道母親有這些面貌。

「凡的美貌在群體裡太過顯眼，所以她時常說想換一張臉。她在擔任我的護衛前，還曾受到高階貴族追求。你和她長這麼像，應該也很困擾吧？」

沃爾弗知道自己聽到這個問題時，表情一定很難看。

他很遺憾沒能遺傳到母親的魔法能力，反倒在這一點上像她。

「老實說，我覺得很厭煩。」

「需要幫你介紹可以入贅的好人家嗎？」

「我之後……打算離開這個家。我既沒有五大魔力，家人也不會強迫我相親或參與家族活動。」

沃爾弗告訴對方，自己和家人關係薄弱，也不可能學會魔法。

夫人該不會是想幫他介紹對象才邀他來的吧？沃爾弗腦中不禁浮現這樣的想法。然而艾特雅卻像看透他似的，勾起紅唇，露出妖豔的微笑。

「那麼，讓我告訴你一個非常有效，卻也非常偏門的方法吧，沃爾弗雷德。」

艾特雅直呼他的名字，他卻不會感到驚訝或不快，反而覺得很自然。

「你可以偶爾來我這兒過夜，我會為你準備房間。你也能在我參加晚宴時來接我。我們都是易受矚目的人，其他人見狀就會自行議論我們的關係。」

「這樣會給您添麻煩的。」

艾特雅的意思是要沃爾弗裝成她的情夫。

沃爾弗若和公爵夫人來往，相親邀約和女性追求者的確會大幅減少。但這對艾特雅來說卻是一大醜聞。沃爾弗並不樂見。

「這項提議不只對你有利。丈夫過世後，想當我情夫的人多到令我厭煩。我對兒子們說過想找個正經的男人在身邊，不會給他們添麻煩，他們也都同意了。這對我而言一點都不礙事，反倒是我可以利用的話題。」

「是這樣嗎……？」

「沃爾弗雷德，你是不是不習慣『貴族的思考方式』呢？你接受的話等於幫了我的忙，我會支付相應的報酬。你有什麼想要的嗎？」

「那麼，就請您教我貴族的思考方式，並教我跳舞吧。」

他對貴族的思考方式幾乎一竅不通。但既然在王城工作，還是要懂一些。

社交舞必須和女性一起跳，所以他從學生時代就一直逃避學跳舞。沒想到之前在哥哥的婚禮上一支舞也沒跳，反而更顯眼。看來非學不可了。

沃爾弗列舉了兩項自己不擅長的事，提出這樣的要求。

「沒問題。這麼說來……凡也下了番苦功才學會跳舞呢，真教人懷念。」

「母親……從來沒和我跳過舞。」

母親沒教他跳過舞，也沒和他跳過舞。母親只教過他劍術。或許是因為她完全不期待他學會任何貴族禮節。

然而，眼前的女人卻直白地說：

「那當然。凡是為了當我的舞伴才學的，她只會跳男性的舞步。和她跳過舞的說不定只有我。」

「原來是這樣。」

「凡的運動神經很好，節奏感卻很獨特，我經常被她踩到腳呢……」

這是艾特雅今天第一次皺著眉說話，沃爾弗忍不住笑出聲來。

之後，沃爾弗花了好幾年向艾特雅學習貴族的思考模式、禮儀以及跳舞技巧。

能學到貴族知識對沃爾弗幫助很大。要不然他連最基本的暗示都不懂。

至於跳舞，他雖然沒機會在外面跳，但他覺得向艾特雅和舞蹈老師學跳舞相當有趣。

他們每個月見一到兩次，既像阿姨和外甥，又像老師和學生。
沃爾弗對此感到開心且心懷感激，但相處久了，他逐漸發現一件事。
艾特雅眼裡並沒有他，而是透過他，看著母親凡妮莎。

◆ ◆ ◆

「我明天要遠征，去剿滅大蛙。」
「又到了這個季節呢。」
去年和前年的剿蛙行動也是在這段時期進行的。
儘管畫面上不太美觀，但這件事正逐漸成為一項季節特色。
「那麼遠征結束後，請你再找一天到晚宴上來接我。」
「好的，我很樂意。」
閒聊幾句後，沃爾弗比平時更早告退。
艾特雅並未阻止他。
「這個送你，遠征歸來後可以和新朋友一起享用。」

「……謝謝您。」

侍者將紅色木箱展示給沃爾弗看，再細心地用白布包起來。

他知道裡頭裝的是酒，便沒有拒絕，而是笑著收下。

艾特雅試著給過他幾次零用錢和交通費，但他幾乎都不收。即使收下了，下次見面時也會回贈金額相近的禮物。

他願意接受的只有酒、餐食，以及作為生日禮物的領帶夾。

到頭來，艾特雅還是被阻隔在他劃出的界線之外。

「路上小心，沃爾弗雷德。」

艾特雅目送他行禮離去後，閉上眼睛。

這是沃爾弗第一次不是基於困擾而提起女人的話題，這也是艾特雅第一次聽到他稱女人為「朋友」。他說話時還露出了純真的笑容。

那一定是場很棒的相遇。

他可能真心認為，自己建立起了良好的友誼。

然而，年輕男女的友情很容易轉變為愛情。

只要一方開始執著於另一方，關係就會輕易變質。

年輕的他並未發現，自己提及那位朋友時開心到眼睛發亮。

沃爾弗從未將任何人納入自己劃出的界線中，艾特雅如今看到他產生這麼大的變化，感到十分欣喜。

可惜的是，能和她分享這件事的朋友已不在身邊。

「你何時才會發現自己快得『麻疹』的事實？這段感情會隨即變淡？逐漸崩解？還是，你會把這個祕密帶進墳墓呢……」

艾特雅對著墜飾中的肖像微笑。

「真令人期待。對吧，凡？」

乍看面無表情的女性肖像，彷彿露出了些微苦笑。

與朋友共進晚餐

紅色的晚霞逐漸消失在天空時，伊爾瑪和馬切拉來到綠塔。

今天總算三人都有空，妲莉亞便邀他們來綠塔喝酒。

「妲莉亞！我嚇了一跳，妳變得好漂亮！這樣好適合妳！」

伊爾瑪身穿紅色洋裝，一進綠塔立刻抱住妲莉亞。

化妝的力量真強大。她光是在臉上畫些線條、塗些顏色，臉就變得比原本好看很多，連自己都感到驚奇。

「謝謝，我都是靠化妝的。妳也很漂亮，那件洋裝很適合妳。」

「呵呵，謝謝。這是馬切拉買給我的。」

馬切拉站在伊爾瑪身後，被點到名後仍用那雙鳶色眼睛凝視著妲莉亞。

「喂，馬切拉，你愣著幹嘛？快說點什麼啊。」

「抱歉……我嚇到了。老實說，我覺得化妝的力量真可怕。不過妲莉亞本來就很可愛，化了妝更漂亮，的確很適合。」
他認真地說完後，換妲莉亞愣住了。
她明白這是化妝的效果，馬切拉是因為伊爾瑪提點才說這種話。
但她不知如何回應，便向伊爾瑪求助。
「伊爾瑪妳看啦，馬切拉稱讚得這麼辛苦，快阻止他！」
「馬切拉，我不會嫉妒的，你就盡量稱讚漂亮的妲莉亞吧。」
「好！今晚能跟兩位美女一起喝酒，我真幸福！」
伊爾瑪的話讓馬切拉恢復平常的狀態，三人笑著爬上綠塔的階梯。

「馬切拉、伊爾瑪，從悔婚到商會保證人這一路來，真的很謝謝你們。」
三人在桌前坐下，妲莉亞深深低頭致謝。
最近日子過得很匆忙，但其實距離悔婚沒過多久。
伊爾瑪聽她抱怨，馬切拉幫她搬家又當她的商會保證人，她實在備受這對夫妻照顧。
「妲莉亞，別這樣！我什麼忙都沒幫上。」
「對啊，任誰都想當妳商會的保證人，不必為這種事道謝。」

「但你們真的幫了我很多，也很照顧我。今天就別客氣，儘管吃吧。」

「好的。」

「那我們就不客氣嘍。」

妲莉亞為馬切拉倒了黑愛爾啤酒，為自己和伊爾瑪倒了白愛爾啤酒，在餐前乾杯。

乾杯詞交由馬切拉負責。

「為羅塞堤商會成立、伊爾瑪美容院生意興隆、我們三人明日的幸運祈禱，乾杯！」

「「乾杯！」」

馬切拉一口氣喝光，伊爾瑪也喝了半杯，他們倆都和妲莉亞一樣能喝。可能因為白天太熱，冰涼啤酒通過喉嚨的感覺特別舒爽。

「好喝……這種酒還是冰過最好喝……」

「每次喝這種酒，都會想買一台大冰箱放在家裡……」

兩人露出同樣的表情說道。

大冰箱的價格對平民而言，如今依然很貴。中型冰箱的空間只能容納魚肉之類的生鮮食品，沒辦法隨意冰飲料。一般人想喝冷飲，通常會用水降溫，或在木箱裡放入冰魔石。

要是冰箱和冰魔石能再便宜點就好了——妲莉亞邊想邊站起身來。

「開飯吧。」

妲莉亞從廚房拿來兩台小型魔導爐、鍋子和好幾個大盤子。

「這是小型魔導爐對吧？」

「在桌上擺鍋子，是要在這裡炸食物嗎？」

「對，今晚吃的是現炸的串炸。這鍋炸蔬菜，另一鍋炸其他食材。調味料有鹽、檸檬、胡椒和美乃滋，你們可以選自己喜歡的。」

妲莉亞想做適合搭配愛爾啤酒的料理，便決定做串炸。

她準備了切塊的牛肉和豬肉、蝦子、帆立貝、克拉肯、小魚、青椒、香菇、稍微煮過的小洋蔥、胡蘿蔔、小馬鈴薯。

魔石做的魔導爐和前世的卡式爐不同，不用擔心瓦斯罐會受熱爆炸。

不過，炸物的廢油處理和事後清潔還是一樣麻煩。

「酒杯別放太靠近鍋子喔，水滴到油鍋裡，油會亂噴。」

「知道了，開始炸吧。」

「伊爾瑪，一次別放太多食材喔，這樣油溫會下降。」

「對耶，我想成是在炸雞了。這個炸完馬上就能吃了對吧？」

伊爾瑪點點頭，將串好的蝦子和帆立貝放進油鍋。滋滋作響的油炸聲讓人食指大動。

一旁的馬切拉慎重地將青椒串放進油鍋後，定住似的不肯放手。

「馬切拉，手放開沒關係。」

「妳們炸這些東西不會緊張嗎？」

「的確，一般人很少在餐桌上開火。如果有小朋友在就危險了，大人必須盯著小孩，或者在沒有小孩的場合使用……啊，我要把這點寫在說明書上。」

「妲莉亞，寫個筆記吧，寫完就把它忘掉。妳這樣對串炸和啤酒太失禮了。」

「好。」

伊爾瑪將第二批食材放入油鍋，這麼建議她。妲莉亞聽完便從口袋裡拿出筆記本簡單寫了一下，接著也投身製作串炸。

「炸～好～了～」

伊爾瑪在炸好的蝦串上撒了點鹽，性急地咬了一口。

「好燙！」

「伊爾瑪！還好嗎？」

「沒事！喝口啤酒就好了！」

真的沒問題嗎？妲莉亞有點擔心，但見伊爾瑪笑容滿面地喝著啤酒，她也不再過問。旁邊的馬切拉一直在吃蔬菜。他明明也很喜歡魚和肉，不知是不是有所顧慮。

「馬切拉，魚和肉都還有很多，別客氣喔。」

「我完全沒在客氣，只是想把每種都吃過一遍。」

見他一臉認真地回答，妲莉亞也就沒再多說什麼。

妲莉亞自己要開動時，卻不曉得該先吃哪一種。

她姑且先將面前的帆立貝串放進油鍋，加鹽試吃。不料帆立貝看似小，咬下卻很多汁。接著將蝦子炸到酥脆才起鍋，口感變得像零食，感覺很特別。

牛肉串也很好吃，但最驚人的是小洋蔥。她沒想到洋蔥會這麼甜，第二串乾脆什麼都不沾，單純品嚐它的甜味。

她吃著加了鹽和黑胡椒的小馬鈴薯串，忽然想起第一次和沃爾弗喝酒時吃的菜。當時的黑胡椒脆薯好像比這個更好吃。

下次別用小的，用大馬鈴薯炸久一點試試看好了。

「妲莉亞……糟糕。」

聽見略為低沉的嗓音，妲莉亞連忙抬頭。

男人左手拿著黑愛爾啤酒，右手拿著香菇串，皺起眉頭。

「馬切拉，你該不會燙傷了吧？」

「不是，我吃了串炸想喝酒，喝完又想吃串炸，這些太好吃了，完全停不下來……」

「你儘管吃。食材還有，黑愛爾啤酒也有一打的存貨。」

「謝啦。如果我喝太多，請告訴我。我再送妳甜的紅酒。」

以酒換酒，這種交易方式對愛喝酒的人來說簡單明瞭。

「妲莉亞，我也覺得這組合很危險。尤其是對這個部位。」

伊爾瑪抓著紅色洋裝的腹部，神情微妙。

那裡確實比她剛來時圓了些……不，一定是妲莉亞看錯了。

「忘了吧，伊爾瑪。美味的啤酒和串炸當前，這不過是小事。」

「……也對，明天起再認真工作就好。」

伊爾瑪如此回應，妲莉亞卻也開始在意起自己的腰圍。

三人吃完飯後，移動到沙發上慵懶地坐著。

「味道和餐廳賣的一樣！沒想到現炸的串炸這麼好吃。」

「沒錯，唯一的問題是會不小心喝太多酒。」

「還好你們喜歡。我會送每位保證人兩台小型魔導爐，你們可以自己在家炸炸看。還會附贈幾道菜的食譜，像是用起司煮的火鍋。」

妲莉亞決定贈送小型魔導爐給商會保證人，其他人的份也準備好了。

「謝謝妳，妲莉亞。那我們就不客氣了。我也會向客人宣傳妳的商品。」

「麻煩妳了。我的商品如果賣得好，也能回饋給保證人。」

「嗯，真期待兩年後的紅利。」

三人說說笑笑，妲莉亞拿出了餐後酒。

她不太想動，所以只拿了蘭姆酒、蘇打水瓶、砂糖罐及裝著幾顆萊姆的碗放在桌上。

「馬切拉，該你出馬了——！」

「我看到萊姆時就知道會這樣。」

男人聽見伊爾瑪的話露出苦笑，起身去洗手。

「馬切拉，展現力量的時候到了！」

「好啦好啦。」

他回來後隨口應了聲，輕鬆扒開綠色的萊姆，捏著皮榨汁。果汁滴答流入酒杯中，量和榨汁器榨的差不多。

「你的力氣真的好大……」

「這沒什麼。運送公會幾乎每個成員都能做到這點程度的身體強化。」

馬切拉邊說邊在酒杯裡加入蘭姆酒和大量的糖，再用棒子攪拌。儘管沒像雞尾酒一樣用搖的，但仍混合得很好。

這種酒他以前也調過，和妲莉亞前世喝過的雞尾酒「德貴麗」很像。

他又榨了一顆萊姆，在另一個酒杯裡加入蘭姆酒和蘇打水。他很愛這個組合。

「讓我們進行第二次乾杯。這次換伊爾瑪了，加油。」

「咦，我嗎？呃，祈求我們的健康和幸運，明天繼續努力工作，乾杯！」

「「乾杯！」」

酒杯喀噹相觸後，妲莉亞含了一小口酒。先是砂糖的甜、萊姆的酸，接著蘭姆酒的酒精味便衝擊舌頭和喉嚨。

吃完油炸物後嚐到的蘭姆酒和萊姆別具一番風味。

「裝酒的果然是另一個胃。」

「但變胖的卻是同一個肚子。」

「馬切拉真的是神經大條！超級大條！」

「對不起……」

妲莉亞聽著他們夫妻逗趣的對話，笑了出來。

這兩人婚前婚後都沒變，讓人看了非常舒服。

如果她和托比亞斯結婚，能像現在一樣笑得這麼自在嗎——這個想法突然閃過腦海，使酒嚐起來有點苦。

「妲莉亞，如果妳……哪天願意談戀愛了，跟我說一聲。我可以介紹運送公會的有為青年給妳。」

馬切拉彷彿看穿她的心思，她笑了一下回答：

「謝謝你，馬切拉。但我對戀愛和結婚都沒興趣了。」

「妲莉亞，我認為妳可以先認識一些男性朋友。」

「呃……我最近剛好認識了一個。」

她有點猶豫要不要說，但沃爾弗之後會出入商業公會，馬切拉又是她的保證人。

既然他們都會知道，她還是早點說明比較好。

「不錯嘛，是怎樣的人？」

「騎士團魔物討伐部隊的成員。」

「騎士團？這人來頭不小耶。」

「是來商業公會採買的人嗎？」

「不是，我們偶然見過兩次，很聊得來，就變朋友了。」

「呃，我不是不相信妳，可是……」

伊爾瑪拿著酒杯，瞇起紅茶色眼睛。她眼中帶著懷疑和擔憂。

「我明白其他人可能會覺得我很輕浮，或我被他玩弄，將我說得很難聽。但我們真的不是那種關係，只是聊得來的朋友。他也成了我商會的出資者。」

「商會的出資者……那個男人是貴族嗎？」

「是的。」

妲莉亞感覺自己越描越黑。

看著表情複雜的兩人，她陷入沉思，不知如何解釋。

「妲莉亞，那個人個性怎麼樣？」

「呃，一言以蔽之……就是『非常喜歡魔劍的人』。」

若要用一句話來形容沃爾弗，沒有比這更貼切了。

「魔劍……喔，和魔導具算是同類吧。」

「我懂了。若用稀有的魔劍當誘餌，就能釣到那個人對吧？就像用稀有的魔導具可以釣到妲莉亞一樣，難怪你們聊得來。」

妲莉亞不明白為什麼伊爾瑪這樣就懂了，也對她的比喻頗有微詞。

不過，沃爾弗確實是個會被魔劍釣到的青年。她也無法否認伊爾瑪對自己的描述。

「我很想和妳朋友一起喝酒，但他是貴族，應該不會答應吧？」

「我下次問問看。」

沃爾弗和妲莉亞在一起時完全沒有貴族的架子，但她不知道沃爾弗是否願意認識她的朋友。他說不定不想認識其他女性。

「他是不是因為妳父親是男爵，所以才不在意？我們對妳習以為常的禮儀一竅不通……這樣不會給妳添麻煩嗎？」

「應該不會。你們之後可能會聽到傳言，我先說吧。他是斯卡法洛特伯爵家的老么。」

「斯卡法洛特伯爵……水的那個？」

「對，水的那個。」

光說「水」就知道是哪一家。妲莉亞對斯卡法洛特伯爵的名氣備感敬佩。

不過他們家掌管全王都的水魔石，名聲響亮，這也是當然的。

「妲莉亞，這真的……不是我們不相信妳……」

「沒關係，你們的反應很正常。」

她很想為沃爾弗辯解，但若只知道雙方的身分和認識經過，她也會覺得這個狀況令人憂心。對方是貴族男性，她是平民女性，一般人聽了很容易認為對方在玩弄她，或想包養她。

然而和沃爾弗成為朋友那天，她就已經全盤接受這些可能性，做出了選擇。

「方便的話，我想和那個人聊一聊。因為妳一不小心就會遇上爛男人。」

「喂，伊爾瑪。」

「說實在的，妳當初一點都沒必要忍受托比亞斯那種人。」

「……我承認我跟他不適合。」

妲莉亞話還沒說完，伊爾瑪就激動地傾身向前。

「不，不是適不適合的問題，是妳不該一味配合他……那種白痴說的話，妳根本不該照著做！妳一直勉強自己，但我每次問妳，妳都說『沒事，別在意』！妳有把我當朋友……」

「伊爾瑪，到此為止，別再說了。」

馬切拉將手放在妻子頭上說道。

他單手環住伊爾瑪，自己稍微往前坐，將低著頭的妻子護在身後。

「抱歉，伊爾瑪好像有點醉了。」

「……沒關係。伊爾瑪、馬切拉，對不起。」

「妳不用道歉的。」

「不，她說的沒錯，我應該早點和托比亞斯坦誠相對才是。你也建議過我好幾次，要我別顧慮托比亞斯，既然要結婚了，想說什麼儘管對他說。」

「……我好像有這麼說過。」

兩位好友如此擔心她，她卻一點都沒聽進去。

她無視他們的忠告，用自己認定的賢妻形象綁住了自己。

「我現在才知道自己的做法有問題。所以今後如果我有做不對的地方，請你們像以前一樣直接告訴我。我也會把我察覺到的問題告訴你們。」

「……好，知道了。吶，伊爾瑪。」

靠在馬切拉肩上的伊爾瑪探出頭來，眼眶有點紅。

「我會說得很直接、很嚴厲喔，妲莉亞。」

「儘管說吧，伊爾瑪。」

「……再來乾杯一次吧。」

他們用剩下的一點酒乾杯後，馬切拉再度回到榨萊姆汁的工作上。

「話說回來，可以再聊聊那位朋友嗎？」

「可以，沒問題。」

「我對他的……魔物討伐部隊身分有點在意。」

「他聊起天來就是個普通人。」

「我是在想，魔物討伐部隊的工作好像很危險。」

馬切拉說到這裡便閉口不語。

他應該是在擔心這份工作容易受傷，或有生命危險，只是不敢直說。

「他叫沃爾弗雷德，職位是赤鎧。」

妲莉亞故作開朗地說完，胸口卻隱隱作痛。

這個高風險的職位又讓她想到了父親。

「他已經擔任赤鎧很多年，但從來沒受過重傷。」

「這樣啊，那他一定很強嘍？」

「對。」

妲莉亞從未見過沃爾弗戰鬥的樣子。但他既然能一直擔任魔物討伐部隊的先鋒，實力無庸置疑。所以妲莉亞願意放心相信他的實力。

「糟糕，差點忘了。伊爾瑪，這個送妳用用看，用過之後告訴我感想。」

妲莉亞從櫃子裡拿出一個布包，遞給一直默默喝酒的伊爾瑪。

「這是什麼？」

「起泡瓶，可以將肥皂水變成泡沫。」

她不斷改良起泡瓶，做出了這個按壓時無須太用力，構造也盡量簡化過的版本。

她給伊爾瑪的布包裡有兩瓶。

此外她還做了十瓶左右，打算帶去商業公會諮詢。

「真有趣。不用搓揉就有泡沫，這樣洗頭就方便多了。我回去就用，其中一瓶可以放在洗手台。」

「如果覺得哪裡不方便，記得告訴我喔。」

「好，像之前一樣列出重點就行了吧？」

「對，麻煩妳了。」

妲莉亞從學生時代起就常請伊爾瑪幫忙寫回饋報告。

她發明防水布時，伊爾瑪也給了很多直白的意見，如「這種布淋了雨會發臭」、「這個藍黑色看起來很詭異」、「史萊姆用太多了，會黏在手上讓人覺得很噁心」，對她幫助很大。

妲莉亞會回贈伊爾瑪她想要的東西，如吹風機等魔導具或魔石。下次或許可以問她要不要冰箱。

「用這個來洗臉好像滿方便的……」

「對啊，你早上都起不來，臉都隨便洗。」

「我早上也會覺得很睏……」

妲莉亞有時太專心工作，很晚才睡，隔天早上都會很痛苦。

「妲莉亞和馬切拉都太愛熬夜、太愛喝酒了，總之少喝點酒吧！」

儘管妻子認真建議，馬切拉還是拿起萊姆，將果汁擠入酒杯中。接著注入大量蘭姆酒，露出燦爛的笑容說：

「今天說這話已經太遲了，下次再提醒我們吧。」

黑色死神與魔物的殼

王國騎士團的魔物討伐部隊裡有好幾個「魔人」。

連魔物都害怕這些魔人。王城的騎士和士兵們經常在酒席間半開玩笑地這麼說。

其中最有名的，是有「灰之魔人」之稱的魔物討伐部隊長——古拉特・巴托洛內。

他有著一雙紅眼和深灰色頭髮，手持巴托洛內家代代相傳的魔劍「灰手(ash hand)」，能輕鬆砍倒大型魔物。

第二有名的是「水之魔人」——副隊長葛利賽達・蘭札。

藍髮碧眼的他身材高大，是個擅長用水與長槍的著名魔法劍士。他用長槍和水魔法將大量魔物一網打盡的模樣，英勇無比。

第三名的寶座經常換人，有時還會增加到四五人，不過最近幾年越來越常被提及的是擔任赤鎧的沃爾弗雷德・斯卡法洛特。

他不像其他人一樣被稱為「魔人」，而是被單獨賦予「死神」的稱號。

沃爾弗雷德不會身體強化以外的魔法，也沒有家傳的魔劍或名劍。他總是穿著赤紅鎧甲，拿著向部隊借的普通長劍率先衝向魔物。時而從正面或從側面，大膽地讓自己暴露在魔物的視線當中。

劈砍、奔跑、跳躍、閃躲──他戰鬥時，用的都是身體強化和平凡無奇的攻擊招式。

他剛進部隊那年就自請擔任赤鎧，半年後申請通過，人們背地裡都說他「找死」。

第二、第三年，人們認為他的行動太過危險，這種「無謀之人」一定很快就小命不保。

然而過了第四年他還活著，而且從未受過重傷。他開始能精準攻擊魔物的要害，成為討伐先鋒中的靈魂人物，此後人們對他的眼光和評價都不一樣了。

沃爾弗雷德並非有勇無謀，他很有能力，而且看透了生死──不知何時起人們便這麼評價他，並基於髮色替他取了「黑色死神」的外號。對於被他打倒的魔物而言，這個形容相當正確。

不過，「死神」一詞其實包含了男性們的嫉妒心理──王城裡的女騎士、女士兵和女僕們都這麼說。

他的身材高挑結實，黑髮如烏鴉濡溼的羽毛般光亮，俊秀白皙的面容堪比神殿的壁畫。與其說「死神」，不如說他是「墮天使」更為貼切。

他的黃金色眼眸比大金幣更閃亮，很多女人說，被那雙眼睛一看，心跳都快停止了。

儘管奪走了所有女性的目光，他卻對情書和嬌聲邀約無動於衷，連條件很好的相親也不接受。

他只和前公爵夫人傳過緋聞，但沒人知道是真是假。這讓沃爾弗的傳聞更甚囂塵上。

「沃爾弗，那個怪東西是什麼？」

「這個嗎？五趾襪。」

這個被稱為「黑色死神」、「墮天使」的人正在森林裡，前往溼地途中的休息地點，更換他的襪子。

部隊已經在森林和溼地中走了五公里。他們的軍靴以防水布和皮革製成，牢固且不易進水，但穿起來很悶熱。因此很多人會在迎戰大蛙之前，趁最後一次休息時更換襪子和鞋墊，做好戰鬥的準備。

「五趾襪？我看倒像新型魔物褪下的殼……」

「多利諾，別用那種眼光看它。」

沃爾弗的隊友兼好友多利諾・巴提疑惑地盯著五趾襪。沃爾弗露出苦笑向他說明。

「這種襪子能讓每根腳趾分開，這款鞋墊則有乾燥功能。我對朋友說走在沼澤地時，鞋子溼溼的很不舒服，朋友就給了我這些。我正在試用。」

「鞋墊還好，但那襪子有夠詭異。而且好像很難穿。」

「我第一次看到時也嚇了一跳，的確要花點時間才能穿好。不過這個組合還不錯。我走了這麼久，鞋子和腳都還是乾的。」

他碰了一下還沒換襪子的那隻腳，完全沒有黏膩的感覺。鞋子內部乾燥且舒適。

「真的假的？我的鞋子和腳都被汗弄得溼透了。」

「你要不要試用看看？」

「嗯……它長得像魔物的殼，但可以保持乾燥這點很吸引人……那你給我一組，我之後再付你錢。」

「錢就不必了。我要寫試用報告給朋友，你再告訴我感想。」

「好。穿這個有什麼訣竅嗎？」

多利諾想一口氣套上襪子卻被卡住，沃爾弗教他將腳趾一根根套進去，繼續向他說明。

「哇！腳趾頭不會黏在一起，好涼快！汗好像也乾了。」

「幸好尺寸剛剛好。對了，我朋友說，這個組合好像還能預防足癬……」

「預防足癬？」

他們說到一半，對面正在磨劍的前輩不知為何岔了進來。

「沃爾弗，再說詳細點！那東西真的能預防足癬嗎？」

「是、是的，但只是有這個可能，還無法確定。」

眼見前輩像面對魔物般激動地詢問，沃爾弗連忙回答。

「雖然不曉得對足癬有沒有效，但這組襪子和鞋墊能讓鞋內變乾燥，感覺舒服很多。」

「這樣啊，那組襪子和鞋墊哪裡有在賣？」

「呃，這是試作品……」

「試作品就不能買了嗎？」

男人越講越大聲，周圍的人紛紛回頭。

「我有多的襪子和鞋墊，前輩要用用看嗎？」

「拜託你了！」

前輩雙手緊握沃爾弗的雙手，令他備感困惑。

前輩這麼討厭汗溼的鞋子嗎？不，可能是覺得戰鬥時很不便吧。

他的武器是大劍，戰鬥時必須站穩腳步。沼澤地本來就很難行走，腳底若因汗水而打滑，會更麻煩。沃爾弗在心中得出這樣的結論，將五趾襪和鞋墊遞給他。

「之後請告訴我感想。」

「謝謝！我會用盡全力傾訴我的感想！」

只是說個感想，為什麼要用盡全力？——沃爾弗疑惑地望著認真換穿襪子的前輩。

「我也有興趣，賣一組給我。」

「唔！」

沃爾弗聽見身後突然傳來的聲音，反射性想跳開，卻被對方早一步按住肩膀。原來是隊長古拉特趁他盯著前輩時，悄然來到他身後。

隊長身邊站著與沃爾弗同期的騎士，眼神莫名銳利。

「既然對足癬有效，我一定要試試看。」

「我也願意用市售品的價格購買。」

「可是，我朋友說這只是試作品，也還不確定對足癬是否有效……我沒得過足癬所以不太清楚，足癬真的這麼難受嗎？」

「得足癬的人，腳底一流汗就癢，完全無法專心。嚴重時連踩地也會覺得奇怪。」

「對，和長痱子的時候一樣。」

聽他們這麼說，沃爾弗才明白。

這樣聽來，用這組襪子和鞋墊來對抗足癬應該沒問題。

沃爾弗不可能拒絕隊長，只好乖乖遞給他一組。

「沃爾弗……男人一旦得了足癬，回家就不能接觸妻兒，還會被他們避開呢……」

「不能去神殿治療嗎？」

「治療完沒多久又會復發，而且復發後更難治……」

聽見同期沉痛的嗓音，沃爾弗也遞給他一組襪子和鞋墊。

「原來足癬這麼折磨人……」

「沃爾弗雷德！你是因為年輕，皮膚嫩才敢說這種話。過了三十五歲它就會找上你！」

「您在說什麼啊，隊長！年輕人汗量多，更容易得足癬吧！」

「年紀越大，皮膚再生速度越慢，足癬更嚴重、更不容易好！」

沃爾弗感覺氣氛越來越尷尬。

他無法為任何一邊說話，只能乾笑。

放眼望去，原本在他身邊的多利諾已逃得遠遠的，一副事不關己的模樣。

他在心裡發誓，下次酒會必定要倒一杯滿到杯口的未稀釋烈酒回敬這位識時務的朋友。

「……沃爾弗。」

沃爾弗聽到聲音轉過頭去，看見另一位朋友走過來。

蘭道夫・古德溫。

他來自人稱「國境伯爵」的伯爵家，和沃爾弗同期，有著赤銅色的頭髮。沃爾弗原以為他和逃走的多利諾不同，是來幫忙打圓場的。

沒想到他走近之後卻壓低聲音，一臉嚴肅地說：

「……方便的話，可以給我一雙嗎？」

沃爾弗默默將多的襪子和鞋墊遞給他。

致歉與獨角獸的角

還沒中午，天氣就這麼熱。

妲莉亞有些疲憊，卻仍來到了商業公會。

她要將小型魔導爐送給嘉布列拉和伊凡諾。還有一位保證人是運送公會員梅澤納，馬切拉說可以幫忙轉交，所以她將那份謝禮附上卡片交給了馬切拉。

「歡迎妳來，妲莉亞。喝冰紅茶可以嗎？」

「好的，謝謝。」

嘉布列拉正在辦公室中喝著冰紅茶。

她今天穿著一套白領的露草色洋裝，配色涼爽。

室內流動著些許涼風。天氣太熱，她開了冷風扇。

妲莉亞鬆了口氣，在嘉布列拉邀請下，坐在沙發上。

「謝謝您願意當商會的保證人。這是我送給保證人的謝禮，若用不著能轉送其他人。」

她將緋色布包放在白桌子上，裡頭裝著兩台小型魔導爐，以及寫有食譜和注意事項的紙張，任誰看了都會用。

「妲莉亞，謝謝。那我不客氣了。等天氣涼了，就能用這爐子在房裡煮熱紅酒來喝。」

「您不習慣請傭人做事嗎？」

「我並非貴族出身，不喜歡晚上讓人進入臥房。畢竟我沒化妝，又穿著寬鬆的睡衣。」

「我懂您的心情。」

換作妲莉亞應該也不喜歡。夜晚就是要一個人或和家人悠閒度過。

「我做了這個起泡瓶，想請您用看看。這可以讓肥皂水變成泡沫。」

「哇，真有趣。」

「等缺點大致改善完後，我想將它登錄為新發明的小物，而非魔導具。」

「這不是魔導具嗎？我還以為裡頭有風魔石呢。」

嘉布列拉打開兩瓶中沒裝肥皂水的那一瓶，好奇地看了看瓶內。

「我製作零件時有用到魔法，但剩下都靠結構設計，也沒有用魔法賦予。我想委託小物工房製作，可以請您介紹適合的工房給我嗎？」

「好啊。可以多問幾間工房，選擇條件最好的那一間。」

「商業公會登錄的工房中，有沒有本來就在製作按壓瓶的工房呢？」

妲莉亞一人作業很費時，每個成品也會有所差異。因此想委託有專業技術的工匠製作。

「我記得有兩間，但規模都不大。」

「如果有工房願意製作，我想採『共同開發』的形式登錄。」

「妲莉亞，這樣妳的利益就會減半嘍。妳知道這點吧？」

「是，我知道。我雖然已經設計好結構，但工匠或許能再加以改良，所以我想和工匠討論。另外，如果市面上有類似的東西，最好和那位開發者商量，若對方願意，就一起製作。這是父親教我和奧蘭多先生的道理。他說這樣更能做出好東西，也比較不會引起糾紛。」

「不會引起糾紛……嗯，很有道理。」

嘉布列拉在自己的杯子裡加了些冰紅茶，也催促妲莉亞喝。

妲莉亞這時才拿起冰紅茶喝了一口，那股涼意讓人身心舒暢。

「令尊是在告誡你們別去挑戰既得利益者吧。」

「嗯，這也是原因之一。畢竟對原本的開發者而言，若東西突然賣不出去也很困擾。不過，更重要的是和同樣領域的前輩討論時，能學到不同的觀點，這點既可貴又開心。」

聽見妲莉亞說得理所當然，嘉布列拉悄悄地嘆了口氣。

就嘉布列拉聽來，妲莉亞的父親卡洛應該是擔心女兒被人怨恨，或在業界表現太突出，才會要她和對方合作。

若能提高彼此的利潤，對方就不會來攻擊妲莉亞。

一旦成功，對方說不定還會自願當她的盟友。

嘉布列拉很想建議她以商會利益為優先，但看到她那麼開心，還是讓她繼續遵循卡洛的做法好了。

對話停頓時，敲門聲響起。嘉布列拉允許對方進門後，事務員走了進來。

「打擾了，奧蘭多商會的依勒內歐商會長，想請我們公會代為聯繫羅塞堤會長……」

「妲莉亞，他應該是想向妳致歉，妳願意見他嗎？」

「依勒內歐先生沒什麼好向我道歉的……但我想和他見面談一談。」

「那就用二樓的隔音會議室。先請依勒內歐過去，端茶給他。」

「了解。」

事務員離去後，嘉布列拉補了點口紅。

「抱歉，妳剛成為商會長，我還是有點不放心。可以讓我同席嗎？不過我可能會插嘴就是了。」

「謝謝，那就麻煩您了。」

妲莉亞低頭致謝，將杯子裡的冰紅茶喝光，站起身來。

◆◆◆◆◆◆

「舍弟和家母造成您諸多困擾，我謹代表奧蘭多家向您道歉。」

眼見依勒內歐在會議桌對面深深低下頭，妲莉亞愣住了。

「依勒內歐先生，快抬起頭！」

最近向她低頭的人好像很多，但她完全不習慣這種事。

「你沒必要向我道歉，我和托比亞斯先生也已經結束了。」

「謝謝您願意這麼說。」

「呃，依勒內歐先生……可以請你用原本的口氣說話嗎？」

妲莉亞以前進貨或去奧蘭多商會時，常和依勒內歐交談，關係還算熟稔，因此聽到他說話這麼客氣，她感到渾身不自在。說白一點，她覺得很噁心。

「抱歉讓妳尷尬了。這個妳先收下，裡面有十二枚金幣。」

男人鞠了個躬，將裝有金幣的藍色布包放在桌上。

「我已經收過賠償金了。」

「這是奧蘭多家對妳的賠償。那傢伙無恥到要妳歸還手環對吧？妳就把這當作手環的錢。不，老實說這麼做是為了我們自己，我只是想留下『商會已向妳致歉』的證明。」

「妲莉亞，妳就收下吧。不然這件事沒個了斷。不過如果妳想讓奧蘭多商會難堪，我就不阻止妳了。」

「……好的，那麼我就收下了。」

妲莉亞最近一次也沒想起托比亞斯和手環，聽見此事有種奇妙的感覺，但還是答應了。

「我有幾件事想拜託妳，不過妳可以拒絕沒關係。」

依勒內歐在桌上雙手交握，用那雙遺傳自父親的黑色上吊眼銳利地盯著妲莉亞。

「我的請求是希望妳不要因為魔導具登錄的事而告托比亞斯；希望妳讓我對外散布傳聞，說你們是合意解除婚約；希望斯卡法洛特家不要對我們施加壓力；希望我們兩間商會今後保持往來。就這四點。」

妲莉亞已經不打算告托比亞斯。說是「合意」解除婚約，她覺得有點奇怪，但到頭來悔婚也非壞事。斯卡法洛特家本來就不會對他們施加壓力，沃爾弗也不希望他家人這麼做。最後一個條件，若雙方的往來僅限於商會之間，那就沒問題。

妲莉亞安靜地聽他說下去。

「相對地，我也提供四個交換條件。一、我會再付妳二十枚金幣，目前正在籌錢；二、往後三年，凡是妳訂購的素材，我們進貨後都優先出售給妳，包含稀有素材；三、這三年內皆以進貨價將素材出售給妳，我們不賺取任何價差；第四點……若妳有商會上的事找我商量，我會盡可能幫助妳。不過妳既然有公會長當保證人，第四點對妳而言應該意義不大。」

「你說要散布『合意解除婚約』的傳聞，我很好奇具體內容是什麼？」

妲莉亞陷入沉思，嘉布列拉率先開口。

「也就是他們雙方都同意解除婚約。我構想的內容是，妲莉亞小姐和斯卡法洛特伯爵家的么子走得很近，想繼續製作魔導具，不想因結婚而放棄工作。」

「……言下之意是，令弟在這件事上毫無責任嘍？」

「這我承認，這是保障托比亞斯職業生命的最後防線。不過這樣就能抵消『妲莉亞小姐被托比亞斯拋棄』的荒唐傳聞，同時只要讓斯卡法洛特這個姓氏浮上台面，表面上就沒有人敢與妲莉亞小姐為敵。另外，若妲莉亞小姐要求，我可以將托比亞斯他們趕出王都，我以商會長的身分保證。」

依勒內歐保持雙手交握的姿勢，語氣堅定地說道。

「條件聽起來還不錯，妲莉亞認為呢？」

「你不必再付我錢，魔導具登錄的事也已經處理好了。至於合意解除婚約的傳聞，只要說我想繼續製作魔導具，不想因結婚而放棄工作，不要提到斯卡法洛特家，這樣我就可以接受。斯卡法洛特家不會對你們施加壓力，而我今後也想維持商會之間的往來。另外，雖然我不想再和托比亞斯先生有牽連，但不至於想叫他搬離王都。」

老實說，妲莉亞不太想再和依勒內歐往來，但她有件事想拜託對方。她認識的商會中，只有奧蘭多商會會買進那項素材。

所以她盡量答應依勒內歐的要求，也接受了今後的交易條件。

妲莉亞在桌子下雙手交握，直視男人。

「相對地，我也有一件事想拜託你。」

「妳儘管說，我盡可能幫助妳。」

「請幫我買妖精結晶。」

「妖精結晶啊……妳要幾個？」

「四個。可以的話，希望盡快先給我一個，費用就從這十二枚金幣裡扣。如果扣完還有剩，剩下的錢就還你；如果錢不夠，我再另外付給你。」

妲莉亞提出委託，並將剛收下的金幣再還給對方。

她要幫沃爾弗做眼鏡，所以需要妖精結晶。

數量越多越好，這樣即使眼鏡壞了，她也能立刻做給他。

「四個妖精結晶……好，我會通知所有供應商，只要一找到妖精結晶就交給妳。文件往來和聯絡都透過商業公會，可以嗎？」

「好的，麻煩你了。」

男人皺起眉頭，右手抵著下巴。

「妳要妖精結晶……是想往那方面發展嗎？」

「『那方面』是指？」

「沒事，我聽說那種素材很難處理，所以嚇了一跳。」

此後男人就不再提及妖精結晶。

接著他們確認了幾項細節，由嘉布列拉簡單記錄。談話快結束時，依勒內歐卻突然說：

「嘉布列拉，可以讓我和妲莉亞小姐單獨談談嗎？」

聽見這突如其來的請求，妲莉亞驚訝地睜大雙眼，身旁的嘉布列拉卻笑得燦爛。

「哦？依勒內歐，你想追求妲莉亞嗎？」

「我不會做那種沒有自知之明的事。」

「妲莉亞，妳願意和他談嗎？」

「……好。」

妲莉亞有些猶豫，但既然拜託對方幫忙找妖精結晶，她還是答應了。

嘉布列拉離開後，依勒內歐表情放鬆了些。

「我不知道這個該不該給妳……」

依勒內歐從白色袋子裡拿出一個銀色的魔封盒。

「這本來是新婚賀禮，但妳就忘了這回事，把這素材當作對妳造成困擾的賠償吧。」

「這是素材嗎？」

「妳打開看看吧。我看不出是不是真貨。」

妲莉亞打開魔封盒，裡頭有一根純白的細棒，魔力多到溢出來。

「雖然不大，但據說是母獨角獸（unicorn）的角，可以達到完全無毒化、淨化水質和減輕疼痛的效果。」

母獸的角比公獸更稀有，因此價值更高。

他們剛才已經談攏。除了商會上的往來外，已沒有任何關聯。妲莉亞不懂他為什麼要送自己這麼昂貴的東西。

依勒內歐大可將這份素材當作交涉條件之一，這樣交涉或許更有利，為何現在才拿出來？

「為什麼要送我這個？」

「妳可能不記得了……你們訂婚後，我不是緊急委託你們製作一批防水布嗎？當時我問妳想要什麼新婚賀禮，妳說要『可以治療肩頸痠痛的素材』。」

「……好像有這麼回事。」

一年多前，卡洛、托比亞斯、妲莉亞三人曾合力趕製一大批防水布。那是依勒內歐委託的急件，而且量有點驚人。

他們做了整整兩天，連聲抱怨：「雖說有志者事竟成，但這數量太不正常了……」「怎麼做都做不完……」「可惡，我要跟依勒內歐收加班費……」

完工的那天深夜，依勒內歐拚命道歉，帶了大量食物來慰勞他們。

他們在二樓吃吃喝喝，向依勒內歐抱怨。

當時依勒內歐問她想要什麼新婚賀禮，她半開玩笑半責備地回答：「可以治療肩頸痠痛的素材！」依勒內歐老實地點頭說：「我找找看。」

托比亞斯在她身邊笑得很開心。

父親也搶著說：「我要可以抗老的素材！」依勒內歐完全無視。

她還記得，那天四人曾一同說笑。

那對她而言並非不堪的回憶。

「後來卡洛先生請我幫他找『能夠減輕疼痛的母獨角獸角』，我答應會幫他，沒想到花了這麼久……妳就收下吧，好讓我可以兌現諾言。要怎麼處置隨妳高興，要轉賣也行。」

「那個……」

妲莉亞原本想問他是否欠父親人情，後來還是作罷。

就算真有這回事，也不是她可以過問的。

「……謝謝，那我就收下了。」

「好。很遺憾妳沒能成為我的弟媳，但這樣對妳來說比較好。」

依勒內歐笑了一下，笑容酷似他父親。

像到妲莉亞覺得自己就像在和兄弟倆的父親說話。

「這是我最後一次叫妳妲莉亞小姐。今後就以商會長的身分往來吧，羅塞堤商會長。」

「好的，依勒內歐先生……不，奧蘭多商會長。」

依勒內歐深深一鞠躬，妲莉亞也向他鞠躬。接著兩人無言地走出會議室。

「妲莉亞，沒事吧？」

「我的表情這麼令人擔心嗎？」

「妳臉上有三分疲憊，四分困惑，三分強顏歡笑呢。看來妳在處理感情糾紛方面還缺乏經驗。」

嘉布列拉在走廊上說完，妲莉亞不禁笑了出來。她那優雅的笑容莫名有說服力，妲莉亞不由得同意她的話。

「有空嗎？我有些事想向妳確認。」

在嘉布列拉邀請下，她們回到辦公室。妲莉亞一坐下就接到一杯熱紅茶。

「妳老實接受那些條件讓我有點驚訝。我還以為妳不想再和奧蘭多商會有往來了。」

「有種素材叫『妖精結晶』，就我所知，只有奧蘭多商會有在經手那項素材。與貴族有往來的大型商會或許也有，但我還沒有這方面的人脈，而且急著想先取得一個……」

她可能太在意妖精結晶的事，以致忽略了其他面向。她懊惱地向嘉布列拉說明。

「原來如此。換作是我一定會收下他的錢，不准他散布傳聞，並叫他將托比亞斯趕出王都。但妳卻全盤接受，讓他欠下這個『人情』，我心想這樣可能比較有趣就沒阻止了。」

「那個，有趣是指？」

「往後三年，妳就拚命向他們下訂稀有素材吧。依勒內歐說要以進貨價格優先賣給妳呢，甚至沒有設定數量限制。他應該也做好心理準備了吧。」

「啊……！」

她當時沒想那麼多，現在才發現自己做事太衝動。先不論魔導具師身分，單就商會長身分而言，她實在是思慮不周。

「他要傳謠言就讓他傳吧，看是他傳得快，還是我們公會員先前流傳出去的消息快。」

「嘉布列拉……」

「這可不是為了妳喔。托比亞斯利用了我們的公會員，以公會的立場當然要將這個事實傳遞出去。這不是依勒內歐，而是托比亞斯要負的責任，也和妳無關。」

這件事妲莉亞確實無權干涉。

「反正……妳只要在三年後超越奧蘭多商會就好了。」

「別開玩笑了，嘉布列拉。」

妲莉亞總算開口，眼前的女人彎起如貓一般的雙眼，笑而不答。

「我最近完全忘了悔婚的事，今天才想起來。」

「這樣很好啊。妳處理悔婚時的態度也很冷靜，真厲害。」

「是嗎？啊，這麼說來，我的確從未動手打人或大吵大鬧。不知道一般人被未婚夫外遇悔婚時會怎麼做。」

她不知道悔婚有無普遍的處理方式，也沒聽說過什麼模範般的悔婚。

「這個嘛……假如我像妳一樣，遭到心愛的未婚夫外遇悔婚，我首先會找雙方的共同朋友哭訴。」

「我懂。」

她雖然沒哭，但也去找了伊爾瑪傾訴。

獨自承受這種事太痛苦，還好有能夠傾訴的對象。

「接下來我會去找喜愛八卦的鄰居阿姨，忍著眼淚尋求建議，聽完建議再默默哭泣。這時絕對不能數落未婚夫和外遇對象，只能一直說『是我不好』、『我這麼愛他，好傷心』。這樣消息就會傳得很快。」

「有道理。」

這麼一來八卦流傳的速度應該會快三倍，也更能引起同情。

「再來就閉關享受瘦身的樂趣。少吃多動，暫時足不出戶。等瘦了五六公斤後再畫上黑眼圈出門。若被認識的人叫住，就紅著眼眶一直說『我沒事』。這樣消息就能傳得更廣。」

「……是這樣沒錯。」

刻意製造時間差，能讓傳聞更加擴大。

這樣一來，比起對當事者的同情，大眾對於未婚夫的指責聲會更大。

不過竟然要用上瘦身這招，當事者犧牲也滿大的。

「再隔一段時間，我會開始調查前未婚夫的家人、親戚、工作夥伴、生意對象，以及外遇對象的關係人，讓『差勁的悔婚』、『負心漢』等傳聞散播到他們身邊。當然不是由我親自說，而是由同情我的人們在他們身邊偶然聊起『她真的太慘了』。咖啡店、餐廳、美容院、診所、商店街、學校……能散播傳聞的地方不勝枚舉。」

姐莉亞不禁「哇」地驚呼出聲。

這麼做要耗費很大的工夫和人力，但對方應該會被整得很慘。她知道這是對方自作自受，但還是有點同情。

「都做到這個地步，除非對方是個超級粗神經的人，不然受到的打擊應該滿大的。」

「……如果對方真的是個粗神經的人呢？」

「反正他們如果在原本的生活圈待不下去，就會私奔或殉情吧。一想到再也不用看見他們，心情就會輕鬆很多。」

「是這樣嗎……」

「姐莉亞，一個女人若真的愛過對方，就算再柔弱也能輕易做到這點。」

嘉布列拉一改平時優雅的微笑，露出帶點陰影，卻依然美麗的笑容。

那雙深藍眼眸中閃過某種哀傷。姐莉亞有一瞬間懷疑這可能是嘉布列拉的真實經歷，但還是喝起紅茶，沒多說什麼。

「姐莉亞，新戀情如何？」

「我沒打算談戀愛，但交到了一個相處起來很愉快的朋友。」

「……對方的身分我聽說了。這種話由我來說沒什麼說服力，但還是希望妳記得：如果想得到安穩的婚姻，就別嫁給貴族。貴族只適合當戀人或金主。」

「我知道這麼做可能引人非議，但這是我自己的選擇。只要能跟他當朋友就好，其他都無所謂。」

「這樣啊，既然是妳自己選的，那我就不多說什麼了。但妳也要記得，一旦貴族男性動真情可就麻煩了。他可能會動員所有權力和財力來追求妳……就像這樣。」

嘉布列拉左手一如往常地戴著金底藍石的婚約手環，樣式簡約。

她捲起袖子，露出另一個黃金上鑲滿海藍寶石的手環。

手環中央鑲著一個大得驚人又亮得嚇人的鑽石。靠近一看，還能感受到一股不知名但極為強大的魔法賦予。

「好驚人……！」

「我丈夫說這代表『我隨時在看著妳』的意思。他可以透過手環掌握我大致的位置，我知道這下子逃不掉了。」

嘉布列拉露出苦笑。這手環的效果也太可怕，簡直像跟蹤狂。

妲莉亞有點好奇它用了哪種魔法賦予，所用的賦予素材又是什麼。

「一定很貴吧……」

「經過鑑定，它的價值和我們現在住的房子差不多。」

妲莉亞不小心問了個沒水準的問題，嘉布列拉不以為意地回答。

妳還把手環送去鑑定？所以你們住的房子價值多少？妲莉亞腦中閃過種種問題，但一個也沒能問出口。不，即使對方願意回答，答案也令人害怕。

「對不起，該不會是因為我父親介紹你們認識……才導致這種結果吧？」

「不，是我的講法讓妳誤會了。我也很愛我丈夫，只是他想隨時掌控我的行蹤，讓我覺得不被信任才會和他吵架。不過，如今我倒覺得他這份控制欲有點可愛。」

「控制欲……有點可愛？」

傑達子爵有著白色鬍鬚，總是衣冠楚楚，神情冷靜。

這是妲莉亞對他唯一的印象。突然聽到有人用「可愛」來形容他，她還真不習慣。

嘉布列拉像是看穿她心思似的揚起笑容。

「對，一定是因為我在情場闖蕩過的緣故吧。」

大蛙討伐與試用報告

這次的大蛙討伐超乎想像地困難。

在廣闊的沼澤地上，大蛙已不只是用跳的，而是用飛的，數量估計有五百五十隻，比去年多一成。

牠們每年都和中型犬差不多大，今年不知是天氣太熱還是牠們吃得太好，體型比去年肥得多。要是牠們遷徙到王都周圍的村莊或田地定會造成慘重災情。部隊立刻決定全部殲滅。

這次攻擊的主力是擅長火魔法的魔導師們。

在森林或王都內用火有延燒的風險，火魔法幾乎無用武之地。如今魔導師終於能大展身手，毫無顧忌地將火魔法砸向廣闊的沼澤地。

大蛙見狀全力逃竄。

沒被燒到的大蛙化做深綠身影，躍至空中，跳到陸地上。

魔物討伐部隊見牠們上岸後，隨即將之斬殺，或引誘至大坑中。等累積到一定數量後，便由等在一旁的火魔導師焚燒，再由土魔導師掩埋，以防止疫病傳播。

「呱呱！」大量深淺不一的綠色大蛙飛在空中，發出慘叫。絢麗的火魔法穿梭其間，刀光劍影不斷。

大蛙時而朝陸地上的騎士和魔導師落下，發出青蛙被踩扁時特有的叫聲。

在這片女性看了會昏倒的光景中，大蛙數量好不容易減少了些，渾身是泥的隊員們便開始集中大蛙屍體。

最後，沼澤地旁多了好幾個大土堆。

埋完最後一個土堆時，太陽已逐漸西沉，每個人都累到無法說笑。

即使知道焦味來源是蛙屍，隊員們還是覺得很香。因為他們為了處理多到超乎想像的大蛙，每個人都沒吃午餐，一直工作到現在。

傍晚，隊員們拖著疲憊的身軀來到紮營地，終於得以喝酒潤喉。眾人圍坐在篝火旁，準備簡單的晚餐。

「明年要早一點來討伐……」

「沒錯，牠們不但比去年多，還比去年大……調查班的報告明明說『和去年一樣』。」

「乾脆初春就全數殲滅算了。」

「這樣民眾就會抱怨『沼澤地的蟲子變多了』……」

副隊長葛利賽達臉色有些蒼白，深深嘆了口氣。

老實說，他很想趕快脫下這身沾著青蛙血跡的腥臭盔甲。

他坐在篝火前，正要吃起堅硬的黑麵包和肉乾時，忽然銅鑼聲大作。隔了幾秒後衛兵大喊：「魔物來襲！」所有人隨即拿著武器站起身來。

他們面前的森林中響起樹枝被壓斷的啪嘰聲，一名自帶登場曲的不速之客現身了。

森林大蛇（forest snake）——那龐大的身軀呈深綠色，唯有側腹是淺綠色。牠光是抬頭威嚇，就和森林的樹木差不多高。

不知牠是受香味吸引，正要前往沼澤地，還是被隊員們的說話聲引來。看見獵物這麼多，牠似乎很開心，嘶嘶吐出暗綠色的舌頭，盯著隊員們。

「真是的，牠如果昨天去沼澤地，就能盡情享用大蛙了！」

「牠太晚來了，沒能幫我們減輕工作量……」

「太遲了！我們已經費力地把大蛙集中起來埋掉了！」

這隻蛇來得不是時候，大部分的隊員都在又餓又渴的狀態下喝了些酒。

森林大蛇相當罕見，遇見牠的人幾乎無法生還。但對在場的人而言，牠只是打擾他們吃飯的礙事者。

眼見獵物毫不懼怕自己，森林大蛇焦躁地用尾巴敲擊地面，加以威嚇。

隊員們靈活閃避，然而放置在地的黑麵包和肉乾卻沾上塵土。

「我要把牠燒成焦炭。」

「該碎屍萬段才對。」

「森林大蛇可以吃嗎？」

「應該沒有毒。要不要來挑戰看看？」

有人冷笑，有人火冒三丈，有人感到好奇，有人面無表情。

不過所有人都已做好備戰姿勢。

眼見魔導師和隊員們步步逼近，森林大蛇開始意識到自己有生命危險。

牠停止威嚇，轉身想逃，卻有個無表情的男人不知何時來到牠身後，和牠對上眼。

「你為什麼要來這裡……我討厭青蛙，更討厭蛇……水槍(water lance)！」

葛利賽達拿起長槍全力突刺，深深刺穿森林大蛇的身體，將牠釘在地上。

一大群人對上孤零零的蛇，展開一場勝負已定的戰鬥。

「外面怎麼這麼熱鬧？」

「好像冒出了一隻森林大蛇。」

「是喔，那應該不成問題。」

外出確認的人遠遠地看見隊友們正在圍毆森林大蛇，很快就回到帳篷內。

「沃爾弗，搞什麼，你已經在寫第二張了嗎？」

「對，我要把感想好好整理下來……」

青年在腿上放了塊木板當墊子，就著紙振筆疾書。他身旁的蘭道夫也嚼著肉乾在寫字。

「沃爾弗雷德，我也需要第二張紙。」

對面的古拉特隊長開口要紙，沃爾弗遞給了他。

「不好意思，我的紙準備得不多，只帶了十張，但有七個人要寫……」

「多利諾，去跟記錄組的人拿所有備用的羊皮紙。」

「了解，我這就去拿。」

用過五趾襪和乾燥鞋墊的七個人，如今全都聚在這個帳篷裡。

每個人偶爾低吟，偶爾看看脫下的襪子或自己的腳，拚命寫著報告。

沃爾弗一開始還想親自統整大家的意見，但他很快就發現這不可能。

「兩樣東西的乾燥功能都很棒！不悶、不黏也不癢。」

「我的足癬終於沒發作，可以專心對付大蛙了。」

「好乾爽，不必為汗苦惱。真是抗足癬的良方！」

「五趾襪真不錯。無論穿越沼澤或對付魔物時，襪子都不會滑掉。」

「希望襪子能做長一點，最好長到膝蓋才不會滑掉。」

「這兩樣都應該立刻量產。」

六人同時開口，每個人的意見還都不同，沃爾弗根本來不及寫。

沃爾弗請他們各寫各的，便演變成現在這樣。

「沃爾弗寫了什麼？」

「第一張稱讚襪子和鞋墊用起來很棒，第二張之後是請求，像是腳跟處要再牢固一點、拇趾前端需要補強。用了身體強化後，這些地方很容易破洞。」

「但是賦予了強度魔法，不就無法賦予乾燥魔法了嗎？」

「對，所以我的建議是用雙線縫補，或者織布時改用粗一點的線。」

沃爾弗和蘭道夫對話時，手也沒停下來。

坐在對面的隊長和前輩騎士喝著皮袋裝的酒，盯著手中的紙。

「這尺寸對我來說小了點，希望多幾種尺寸讓隊員挑選……」

「我試著脫掉襪子，發現光靠鞋墊，乾燥效果就很好了。五趾襪可能有人穿不習慣，我看襪子和鞋墊還是按照個人需求，分開配給比較好。」

「也對。再來就要思考全隊需要的數量……」

他們已不只在討論使用感想，更開始商討要如何採購這兩項商品，但誰也沒吐嘈這點。

「那麼……這是我們需要的數量，這是訂購的優先順序……下一步就是和對方商量價格和交期了，對吧？」

最年長的隊員拿出羊皮紙，以正式文件的格式書寫。

標題是「魔物討伐部隊之五趾襪與乾燥鞋墊採購計畫書」。

魔物討伐部隊長確認後，大力點了點頭。

「沃爾弗，你說這是你朋友做的，對方是商人嗎？」

「她是魔導具師，也身兼商會長。」

「真厲害。恭喜她耶，這將會是一筆大生意。」

「嗯，她很照顧我，希望這樣可以稍微回報她的恩情。」

沃爾弗腦中浮現那名紅髮綠眸的女子。

這筆五趾襪和乾燥鞋墊的大訂單若能帶來利潤，她應該會很開心吧。

但他知道，最讓她開心的一定不是這點。

終於可以不用穿又溼又難走的鞋子，戰鬥中的踏步也變安全了，穿起來很舒服——這些人用了她的魔導具後感到舒適，展露笑容。

這才是妲莉亞快樂的泉源。所以沃爾弗想慎重地將這些聲音傳達給她。

「沃爾弗，你已經寫到第五張了耶，這樣對方讀起來也很辛苦吧……？」

朋友憂心的話語，沃爾弗並沒有聽見。

討伐大蛙歸來後的下午，沃爾弗按了綠塔的門鈴。

一回到王城，他便被古拉特叫進辦公室。

儘管他已事先聲明五趾襪和乾燥鞋墊都是試作品，尚未確立量產體系，古拉特仍要他帶著試用報告去向妲莉亞打聲招呼。古拉特似乎很希望這兩樣物品盡早量產。

他去澡堂沖了個澡，迅速換好衣服，搭乘王城的馬車來到綠塔。

「沃爾弗？發生什麼事了？」

妲莉亞一見到他就擔心地問，讓他覺得很抱歉。

「對不起，突然來訪，我想談談五趾襪和乾燥鞋墊的事。」

「不會，你沒受傷就好。我還以為發生什麼事了……」

「謝謝妳為我擔心。如妳所見，我沒事。只是暫時不想再看到飛在空中的大蛙群了。」

「飛在空中的大蛙群……」

妲莉亞聽完露出僵硬的笑容，這番話雖然是沃爾弗自己說的，他卻不禁笑了出來。

「這是試用報告，用過的人都寫了。」

「謝謝，好多喔。」

妲莉亞目瞪口呆，接過十張紙和二十張羊皮紙。

那疊厚厚的紙中有四分之一是沃爾弗寫的。

「大家都很喜歡，如果妳方便，能請妳盡早製作新的五趾襪和乾燥鞋墊嗎？」

「應該沒問題。五趾襪的規格書還在，只要再向工房下訂就行了。鞋墊則要請工匠剪裁，我再進行魔法賦予。」

「我們這次訂的數量很多，想跟妳談一下。但妳好像在工作，我明天再來找妳。」

「我的工作已經告一段落了，現在談也沒關係。」

妲莉亞莫名散發出一股純真氣息，令沃爾弗有些緊張。

「妲莉亞，妳該不會其實很忙，但為了配合我而勉強自己吧？」

「完全不勉強。我剛為素材賦予完，正在等它固定，工作間堆滿了素材。閒來無事就開始打掃。」

她的聲音和平時一樣，看上去年紀卻比平常還小。那雙眼睛有著柔和的弧度，綠眸略顯柔弱。

「怎麼了？」

「因為……妳沒化妝，我還以為妳正忙著工作。」

「啊，真不好意思，我『原形畢露』了。」

那張爽朗的臉和他們初次見面時一模一樣。當時沃爾弗因為沾染到魔物的血而看不清她的臉，如今看到卻覺得很懷念，真是不可思議。

「我剛剛在打掃家裡，因為會流汗，我就沒化妝了。」

「沒關係，我不在意妳有沒有化妝，妳這樣反而讓我想起達利先生，有股懷念的感覺，而且該怎麼說……」

「……沃爾弗，外面很熱，進來再說吧。」

沃爾弗不曉得這麼說有沒有安慰到她，思緒一團混亂，妲莉亞趕緊請他進到塔內。

一樓的工作間擺滿印有花紋的各色布料。不只工作桌上，就連地板也鋪著墊子，擺著攤開的布。

「花紋的種類真多。」

「這些是要用來做女性和兒童雨衣的布。表面只塗一層薄薄的塗料，所以防水效果比防水布差一些。這批布料是專門製作雨衣和手套的服飾師訂做的。這個很可愛吧？」

妲莉亞指著一塊粉綠底配上鈴蘭圖案的布。

他印象中的雨衣都是黑或深藍色，不過像這種多彩又有圖案的雨衣應該滿受歡迎的。

爬上二樓後，妲莉亞倒了杯冰紅茶給他。

他們喝著冰紅茶，將報告攤在桌上，開始聊正事。

「你要訂幾組五趾襪和乾燥鞋墊？」

「我想盡快先拿到八十組。」

她眨了眨眼睛，沉默了十秒。

「……沃爾弗，我很感謝你，但我只請你幫我寫試用報告，沒有請你幫我推銷。你到底花了多大力氣，才爭取到這筆訂單？」

「一點都不費力，反而是我們大概要麻煩妳費力了。」

沃爾弗知道妲莉亞絕對聽不懂自己在說什麼，便抽出最後一頁的羊皮紙。

「這是我們隊長的委託。」

「『魔物討伐部隊之五趾襪與乾燥鞋墊採購計畫書』……首度合作先購買八十組，之後持續購買，預計半年內買進三百組以上……請問為什麼會演變成這樣？」

「妳看完報告應該就知道了。」

妲莉亞拿起報告快速翻閱，時而歪頭，時而露出笑容。但是她越看表情越嚴肅，臉也越來越紅。

「……沃爾弗，我請你們寫的是試用感想。」

「是啊，大家寫的都是物品的優點，或者希望改良的地方。」

「這樣很好沒錯。但怎麼有人寫得像感謝函一樣？」

「噢，一定是和我同期的騎士和隊長。他們深受足癬所苦。」

「還有人花了一整頁稱讚我在工作上的創意和技術……這是你的字吧！」

「我只是寫出了所有人共通的內心見解。」

「什麼叫內心見解！」

這種互動模式已成慣例，但妲莉亞自然的吐嘈總是能把沃爾弗逗得很樂。他忍不住笑出聲來，就算妲莉亞一直盯著他，他也停不下來。

「而且你們設定的價格也很奇怪。」

「抱歉，太低了嗎？」

「不，太高了。就算把五趾襪的利潤抓高一些，這個價格還是太高。乾燥鞋墊的價格也該降至三分之一……因為綠史萊姆粉很便宜。大多數人都不會用，而是會用風魔石來進行風魔法的賦予。」

「會不會是妳估得太便宜了？」

「應該不會……但我不能確定。我才剛成立商會，還有很多不懂的事。而且以我這間商會的程度絕對無法進出王城。所以這筆交易必須透過商業公會或其他商會。保證人也是個問題……」

「妳有沒有可以諮詢的管道？像是生意夥伴之類的？」

「主要是商業公會，還有……有間跟我有生意往來的商會，但我不太想找他們諮詢。」

她說話時眼中閃過微妙的陰影，讓沃爾弗十分在意。

「妳和對方發生過商業糾紛嗎？」

「……是我前未婚夫家開的商會。」

「那就不要跟他們聯絡了，這樣妳會很不開心吧。」

「這倒不會，沃爾弗。反正我前未婚夫應該也結婚了，而且商會長是他哥哥。我已經跟對方約定，彼此只以商會長的身分往來。」

妲莉亞語氣平靜，表情卻不然。她在桌上雙手交握，有種要和沃爾弗拉開距離的感覺。

「我認為和對方切斷聯繫，妳會比較輕鬆。」

「的確會很輕鬆。但有些素材我不知道怎麼取得，只能向他們進貨，對方也答應在交期和價格上給我優待。」

「我去幫妳問還有哪些地方能進貨。我會去問奧茲華爾德、我家人和王城裡的人……」

「沃爾弗，我很感謝你的心意。但你不用擔心，這是我的工作。」

「話雖如此，但能避免還是盡量避免吧。」

「嗯……你和合不來的人在討伐時也會合作吧？騎士團中就算有你不喜歡的人，你還是會以禮貌的態度和對方互動吧？」

「……是沒錯。」

「就是這個道理。」

妲莉亞的說明精準到令他無法反駁。他理性上明白這點，也知道自己這個門外漢根本不該插手，但還是覺得很苦悶。

「我明天去商業公會諮詢，這些事今天再怎麼煩惱也沒用。」

眼見沃爾弗陷入沉默，妲莉亞顧及他的感受，細心地將報告收成一疊後如此作結。

「抱歉，突然給妳添麻煩了。」

「不會，謝謝你幫我拉生意。對了，你不是說遠征歸來當天會和隊友一起喝酒……」

「對，但我今天沒參加。我打算回去的路上隨便找間店吃。」

「那要不要早點吃晚餐呢？你上次送我的食材還有剩。」

妲莉亞一如往常地邀他吃飯，令他備感動搖。

儘管他擔心這樣會給對方添麻煩，卻從未成功拒絕這類邀約。

每次餐桌上都擺滿美味的餐點，當他告誡自己不能吃太多時，妲莉亞又會端出分量剛好的新菜色，搭配溫度適中的美酒。他們總是聊到忘我，一轉眼時間就過了。

如果綠塔改裝成餐廳，他一定會三天兩頭就往這裡跑。

「抱歉每次都麻煩妳，以後的餐費都由我來出吧。我不但麻煩妳做菜，食量還是妳的好幾倍。」

「我已經收了你的食材，而且做的又都是些簡單的料理……但就算我要你別在意，你還是會在意吧？」

「對，像妳上次收到我送的酒杯時也是這樣。」

「那以後有空就一起去買菜，你若要帶食材過來，買些自己想吃的就好，但別買太多，酒就各買各的份，這樣如何？」

「做菜的工錢沒算進去。」

「你有幫我拉生意啊，這樣就扯平了。」

絕對沒扯平，他實在欠她太多了。他雖然這麼想，但不知道自己該拿什麼回報對方。

「妲莉亞，妳有沒有什麼想要的？」

「那我反問你，你有什麼想要的？」

「魔劍。」

沃爾弗隨即回答，妲莉亞深深地點頭，回以了然的表情。

「問這個問題是我思慮不周。換成是我，也想要魔導具的素材。」

「具體來說是哪些？」

「嗯，像是雙角獸(bicorn)的角、獅鷲(griffon)的尾巴。還有大海蛇(sea serpet)的皮、火龍(fire dragon)的鱗片……以及世界樹的樹枝、不死鳥(phoenix)的羽毛，不過要取得最後兩樣幾乎是痴人說夢。」

沒有一樣是沃爾弗能買到的，最後幾樣更是無望。

畢竟這些東西市面上都沒有販賣。即使有交易管道，也不知道要花多少錢才能買到。沃爾弗存款不少，但不知道夠不夠用。

他思索這些事時，妲莉亞一直用那雙綠眸盯著他。

「沃爾弗，我漏講一句話。這些東西我想等自己有能力加工之後，再親自購買。」

「咦？」

「你絕對別買給我。說好嘍，要是你買了，我就不讓你進綠塔。」

她重複說了三遍，露出了看穿沃爾弗心思似的笑容。

「這次也吃得簡單一點，用魔導爐煮火鍋怎麼樣？」

「抱歉每次都麻煩妳，如果有我能幫忙的地方儘管吩咐。」

他們和上次一樣，一起站在廚房做事。

妲莉亞決定大方拜託沃爾弗。

「我來準備火鍋食材，麻煩你磨蘿蔔泥。」

「磨蘿蔔泥？」

沃爾弗接過白蘿蔔和磨泥器，好奇又疑惑地盯著手中的東西。

叫伯爵家的人做這種事真的好嗎？妲莉亞將這個疑問擺在一邊，拚命告訴自己「塔內是我的地盤」。不然她的思緒又會被拉回現實，壓力大到快胃痛。

「這是『磨泥器』。要把蘿蔔抵在上面，像這樣磨碎。小心別磨到手。」

「知道了，我來試試。」

沃爾弗捲起袖子回答，那股氣勢和力量超乎她的想像。

他一削就差點削到手指，趕緊停下來。指甲有輕微的磨損。

「沃爾弗，不用磨那麼大力！」

「妲莉亞，妳千萬別做這個。磨泥器太危險了，得用身體強化對付它。」

「磨蘿蔔泥不需要用到身體強化！也別死抓著蘿蔔！」

說明和實作都遇到困難，光是磨蘿蔔泥就耗費不少時間。

至於生薑，妲莉亞則瞞著沃爾弗，悄悄用小型磨泥器磨成泥狀。

好不容易磨完蘿蔔泥後，她在魔導爐的烤網上烤起茄子。

等外皮烤成茶色，她便將茄子移上盤子，來回翻轉茄子，想等它冷一點再用竹籤剝皮。

沃爾弗向她詢問做法，不顧茄子還很燙便俐落地將皮扒下。

見妲莉亞一臉驚訝，沃爾弗說：「我遠征時會把焦炭肉的外皮剝掉，所以很習慣做這種事。」這理由真令人悲傷。

妲莉亞認真地想，總有一天要讓他帶著更輕的小型魔導爐去遠征。

他們切完菜，拿出酒杯，才將魔導爐設置在客廳的桌上。

「這和你上次帶來的是不同種類的東酒，抱歉量有點少。喝完後就接著喝葡萄酒吧。」

這次的東酒裝在白色小瓶子裡。

儘管和沃爾弗帶來的一樣是白濁酒，但這種酒比較烈。

「下次我再買東酒過來。」

「好，麻煩你了。」

「明天應該沒時間買東酒的杯子吧。」

「對，明天要先去商業公會。不過我很感激能接到工作。來乾杯吧。」

妲莉亞說著說著忽然想到，不知道他們乾杯過幾次，往後還能再乾杯幾次。這個偶然的念頭使她拿著酒杯的手用力了些。

「呃……感謝你們給我工作，祈求騎士團與商會的繁榮，乾杯。」

「感謝妳總是請我吃美味的料理，祈求騎士團與商會的繁榮，乾杯。」

他們這次的乾杯詞拖得有點長，說完才乾杯。

她刻意將這瓶東酒冰久一點。儘管如此，香氣和酒味仍很鮮明。

清涼而辛辣的感覺通過口腔和喉嚨後，豐富的酒香冉冉升起，酒精獨特的灼熱感同時襲來，所有感覺消失那瞬間又會想再喝一口。

「這種酒……好危險。」

「真的，應該用小一點的杯子喝才對……這種酒叫『息吹』，名字應該是取自喝完後的香氣吧。」

「原來如此。儘管辛辣，卻有芬芳餘韻。沒想到有這種滋味的東酒……」

品嚐沒喝過的酒是件開心的事，但她已逐漸朝父親的酒豪之路邁進，還是小心為妙。之後每四天要禁酒一次了——妲莉亞這麼想著，含了口東酒。

在等火鍋湯底煮滾的同時，她吃起角兔火腿和黑胡椒起司做的下酒菜。

角兔(horn rabbit)是種凶悍的領域性魔物。若有人不小心進入牠們草原上的領地，牠就會用頭上的一隻角威嚇人類。聽說王都外的村莊，也曾發生角兔入侵田地的案例。

「這是角兔，你在討伐時見過嗎？」

「見是見過，但不需要我們動手，通常都由村民或冒險者撒網捕捉。」

妲莉亞還以為是用弓或劍獵捕，沒想到竟是用網子。這讓她想起前世見過的捕魚景象。

「所謂撒網，是將網子撒在兔子身上嗎？」

「對，撒金屬網或將網子綁在箭上射出去。只要讓牠不能動就行了。」

角兔的移動速度很快。不過牠們不會施放魔法，只要限制其行動，小心牠頭上的角，就不會那麼危險。

妲莉亞嚐了口淡粉色的火腿，和雞肉火腿有點像，但味道更濃郁，而且儘管是火腿卻很有嚼勁，和上頭的黑胡椒起司很搭。

他們又聊了一會兒魔物的話題，鍋子開始冒出陣陣白煙。

「湯滾了……今天吃的是『豬肉涮涮鍋』，要像這樣把豬肉涮過。」

她將切得極薄的豬肉片丟進鍋中。

「等到完全變色就可以撈起來，沾蘿蔔泥和魚露或加點鹽吃。如果不敢吃蘿蔔泥，這邊有番茄醬汁。也可以加點檸檬汁、胡椒鹽吃。」

番茄醬汁是她父親的最愛。他也很喜歡蘿蔔泥，但最愛的還是番茄醬汁。

妲莉亞的番茄醬汁做法單純，僅在番茄丁中加入鹽和黑胡椒，再拌入少許橄欖油而已。卡洛不只拿來當沾醬，甚至把它當主食，用肉片捲起來吃。

順帶一提，伊爾瑪也喜歡番茄醬汁，但她還會在裡頭加洋蔥丁。馬切拉則偏好檸檬汁和胡椒鹽，用以搭配黑愛爾啤酒。

她連帶想起托比亞斯偏愛蘿蔔泥加鹽。每個人的喜好都不同，真有趣。

而她自己則全部都喜歡。

沃爾弗來回看著眼前的各種小碟子。

「你可以全部試一遍，看看自己喜歡哪種。」

「好。」

「啊，第一片試試看只加魚露或鹽，然後配一口酒。」

沃爾弗神情嚴肅地涮起肉片，妲莉亞先不理他，自己吃了起來。

這豬肉品質很好，油脂鮮甜。雖然油花多到幾乎讓人生膩，但涮過後就沒那麼油了。口感比外觀更柔軟，味道也很清爽。

她又喝了口酒，發現入喉時的辛辣感變得不太一樣，香氣也更鮮明。

酒和料理既搭調又符合自己的喜好，真是令人開心。

原以為坐在對面的沃爾弗咀嚼次數又會變多，但他卻沒有。

他吃了加鹽的肉片後喝了口酒。接著再吃加蘿蔔泥的肉片，又喝了口酒。重複幾次後，忽然定住不動。

「那個，沃爾弗，你怎麼了？」

「太好吃了。喝了酒後豬肉嚐起來更鮮甜，吃完肉後酒變得更容易入口，不知不覺就會喝很多……必須休息一下，不然酒很快就喝完了。」

「這組合的確讓人欲罷不能。不過東酒喝完，還有不甜的白酒。它和涮涮鍋也很配。」

「為什麼餐廳都沒有賣這種料理？」

沃爾弗望著妲莉亞，金眸中夾帶一股哀怨。她對此也無可奈何，因為小型魔導爐不久前才被發明出來。

王都很多餐廳都有在賣水煮的豬肉片，但都是將肉放涼後搭配蔬菜，屬於夏季的冷盤。和這種隨煮隨吃的吃法完全不同。

「妲莉亞，妳選錯職業了……不，沒有選錯，但妳應該開餐廳當副業。」

「有小型魔導爐開餐廳好像很容易。只要在桌上放火鍋，食材和調味料就採自助式。」

「再準備溫度控制得宜的愛爾啤酒、蒸餾酒、東酒，以杯為單位販售。」

「如果有那種餐廳，我也想去。但那不是餐廳，是酒館吧……要是有各種下酒小菜可以選擇就更好了，像是醋漬或炸物。」

「可以在桌上放炸物專用的鍋子，給喜歡炸物的人使用。」

「或者在吧檯放一人鍋，供獨自前來的客人享用。」

他們吃著肉片，隨口閒聊，妄想著能有間完美的餐廳，滿足愛酒之人的願望和理想。

聊了一會兒後，他們改喝白酒，並在鍋中加入新的食材。

「先加鹽和蔬菜，等一下再加這種小麥丸子，用來代替麵包。」

「原來小麥丸子可以煮啊。」

「你不喜歡嗎？」

「不，我沒吃過火鍋煮的，還以為小麥丸子只能油炸。」

「啊，你說的是攤販賣的那種甜丸子吧？用煮的也很好吃喔。在煮之前先來嚐嚐烤茄子吧。」

「雖然皮是我剝的，但從外觀還真看不出是茄子……」

青年歪著頭，用那雙金眸盯著烤茄子。

那帶點淺綠的白色可能讓他覺得很奇怪吧。

烤茄子的配料是生薑和魚露，妲莉亞先請沃爾弗試試看。可惜這世界沒醬油，她只能用改良過的魚露代替。

茄子的甜味與香氣、柔軟的口感，最後是生薑的辛辣滋味。

她前世才剛喜歡上這道小菜，人生就結束了。今世則從剛開始學做菜時就常做這道菜。

她前世和今世的父親都很喜歡。

「……我好像有點喜歡。」

妲莉亞很想問他為什麼說「好像」，但看他的咀嚼次數又變多了就沒多問。

她前世的父親認為：「喜歡烤茄子的人大多愛喝酒。」這個論點或許是對的。

接著他們吃起鍋中的蔬菜及吸飽湯汁的小麥丸子。沃爾弗吃了以後也很喜歡，將丸子吃得精光。

仔細想想，這是他們第四次一起在塔內吃飯。眼前的青年可能沒在數，但這四次中有三次是火鍋，一次是烤魚，她真該為自己的懶惰好好反省。

當她思考第五次該做什麼時，忽然發現對面的沃爾弗笑了。

「這是我第四次吃妳做的菜呢。」

沃爾弗彷彿聽見了她的心聲，她當下不知該接什麼話，只點了點頭。

「沃爾弗，你見過『母獨角獸的角』嗎？」

他們喝著餐後酒小憩之際，妲莉亞這麼問道。

鬆開領口的沃爾弗回以疑惑的眼神。

「見是見過，妳需要這種素材嗎？」

「不，我已經有了。聽說它的效果是無毒化、淨化水質、減輕疼痛，我在想你們部隊遠征時是不是經常用到。」

「遠征時用的水都由會操縱水魔法的隊員或魔導師供給，我們也會帶著水魔石。如果需要淨化水質或減輕疼痛，則由魔導師或神官負責。」

仔細想想，這也是當然的。魔石比獨角獸的角更容易取得，性價比也遠勝過它。

「不過我聽說在水魔石普及前，部隊的確會帶這東西去遠征。另外我們在可能引發劇痛的戰鬥前，除了身體強化外，也會先吃強效的止痛藥。」

「有這麼讓人痛苦的魔物嗎？」

不但要進行身體強化，還要吃強效止痛藥才能應戰，到底是什麼魔物這麼強？連盾牌和盔甲都沒用嗎？

「有一些會吐強酸的魔物，像鎧蟹(armor crab)就滿棘手的。強酸會滲進盔甲的縫隙，腐蝕人的皮膚。至於植物，就屬棘草魔(nettle devil)了吧。這種魔物會纏住接近的獵物，活活吸取獵物的血直到對方死亡。但它長得就像黑藤蔓，很難辨識。而且它的刺上有倒鉤，被刺到之後很難拔下來，讓人痛到想哭。」

「太討厭了吧……」

「只要不會走路都沒那麼糟。」

「咦，有會走路的植物嗎？」

「好像有，最有名的是花妖（alraune）。上半身是美豔的女子，下半身則是花。西之國討伐過這種魔物，但在我們國家還沒出現過。」

「我還以為花妖只存在於故事中。」

妲莉亞很高興知道這件事，前世故事中的魔物竟然真實存在於他國。

她打算到書店找找外國的魔物圖鑑，說不定能有什麼新發現。

「對了，『母獨角獸的角』好像很受已婚的貴族婦女歡迎。」

「因為有健康和美容效果嗎？」

「女性懷孕時會帶在身上，據說有安產的功效。通常由母親送給女兒，或作為魔導具送給新娘。」

「我第一次聽說……」

父親說不定也是基於這個緣故，才叫依勒內歐送這個禮物給她。但她不願再細想下去。

她這輩子都不打算生小孩，希望天上的父親打消這個念頭。不過她想收個能繼承魔導具師名號的弟子，努力將「羅塞堤」這個姓氏保存下來。

「我在想，獨角獸的角就某種意義上來說，也算具有三重賦予吧？如果用它來當手環的賦予素材，魔法能附著在上面嗎？」

「我沒聽過在獨角獸角上賦予魔法。但聽說切割後可以用來當墜飾或手環的一部分。」

「說得也是，應該不太會拿來當賦予素材……」

獨角獸的角價格不菲，而且和妖精結晶一樣很難取得。預訂後要等很久才能拿到，不然就是要拚了命四處尋找。萬一失敗，她一定會難過到想哭。

不過說到賦予失敗的經驗，妲莉亞至今不知哭過幾百次。

魔石出錯導致外殼破裂，吹風機噴出火，試做冷風扇時吹出暴風。

即使是在開發史萊姆當賦予素材時，她也白煮了好幾鍋，有時還把史萊姆煮焦，才終於把史萊姆做成粉末。

不提一般素材，連稀有素材的失敗經驗也多不勝數。她想起這些事，又開始自我反省。

「是說，我聽說公獨角獸可以由美少女或美女誘捕，母獨角獸不知道是怎樣呢。」

妲莉亞想轉換思緒，便問了這個問題。沃爾弗淡淡地回答：

「牠們也會靠近男孩，所以也是用誘捕的吧。不過必須是天真無邪的小孩才有效。」

「你該不會有這方面的經驗吧？」

「我八歲時有天和母親、三哥和騎士們出門散步，在森林的泉水邊遇到兩隻。兩隻都有淡金色的角和深紅雙眼，很像美麗而細瘦的白馬。身上還散發出甜甜的花香，可以用單字和人類進行意念溝通……不過現在如果有必要討伐獨角獸，我會毫不猶豫地斬殺牠們。」

「咦？」

原本將牠們描述得那麼美，怎麼突然就要斬殺人家？

還有可不可以不要露出那種略帶寒意的眼神？

「我當時看到牠們美麗的外表就掉以輕心，走過去摸了牠們。」

「怎麼好像提起了你的傷心事，我們還是結束這個話題吧？」

「不，讓我說完！牠們說好要共同占有我，準備將我帶回家當裝飾品，我母親氣到把牠們亂刀砍死！」

「獨角獸好恐怖！」

妲莉亞對獨角獸的印象徹底崩壞，牠們的想法和行動太嚇人了。

沃爾弗的母親為了保護兒子，這麼做也是理所當然。不過亂刀砍死動物還是有點可怕。

「據說獨角獸的眼睛一般是黑色或深藍色，所以紅眼應該是變種。這件事也讓我開始害怕獨角獸。」

青年嘆息似的說道，真是令人同情。

看來沃爾弗不只對人類女性有吸引力。這世界如果有神社，沃爾弗應該會被判定有「女難之相」，可以透過除厄的方式化解。可惜神殿沒有這種服務。

「沒想到連獨角獸也……」

「妲莉亞，只有這麼一件。其他魔物從來沒覬覦過我，如今魔物應該很討厭我才對。」

身為魔物討伐部隊員，受魔物喜愛才有問題吧？

她想像了一下，沃爾弗身穿黑盔甲，騎著黑色八腳馬，身旁站著黑色的雙角獸，腳邊排著一列黑史萊姆——如果都是黑色魔物，好像就不那麼奇怪了。這畫面看上去反而很帥氣。

不過，她還是將這個妄想默默放在心裡。

「我明天會去商業公會諮詢，你有什麼打算？」

「我跟妳一起去。隊長要我全力協助妳，讓事情進展快一點，我個人也想盡量幫忙。但我對商業知識一竅不通……對了，多明尼克先生在的話，我想請教契約要怎麼訂才會對妳和部隊都有利。」

「我也認為這樣比較好。那就等多明尼克先生有空時再向他請教，另外我還想向副公會長嘉布列拉諮詢。如果他們在忙，就先約個時間在現場等一下吧。」

妲莉亞的生活一下子忙碌了起來。

從未經營過商會的她，唯一能做的就是找人商量。

她腦中閃過「要是父親還在」的念頭，但身邊有這麼多人幫助她，這麼想很失禮。

為了讓父親在地下能安眠，她決定將這個念頭拋諸腦後。

「我明天早上來接妳。」

「你從王城過來，等於繞了遠路吧？我搭公共馬車就好。」

「這是部隊的工作，我會使用王城的馬車。畢竟是我們委託妳做事，就讓我接妳吧。而且我會穿正式的騎士服去，坐馬車比較方便。」

「正式的騎士服和討伐時的制服不一樣嗎？」

她記得初次見面時，他穿的是深灰色上衣、破爛的赤紅鎧甲和皮靴。

「我們的正裝和騎士團的禮裝制服款式相同，但顏色不同，我們的是黑底銀邊。」

「感覺很帥耶，可是夏天穿不熱嗎？」

「非常熱。冬天還好，夏天如果一直站在太陽底下，就會熱到想大喊『誰設計的，給我出來』。」

「沒有夏季制服？」

「沒有。結束後我就會換下騎士服。至於明天在商業公會……」

沃爾弗微微垂下眼眸，欲言又止。

他有話說不出口時，嗓音會略變低沉，眼神也會游移不定——妲莉亞不知不覺記得了這些習慣。

「怎麼了？你直說沒關係。」

「我為羅塞堤商會出資，的確能讓妳更容易取得素材，但……也可能為妳帶來不光彩的傳聞。抱歉這麼晚才發現。我們去商業公會時，我是不是該裝作僅是為了賺錢而出資，和妳保持距離？」

儘管他的話中充滿猶豫，妲莉亞仍聽得很明白。

「我決定和你當朋友的那個當下，就已經思考過可能被傳什麼閒話。就算別人說我被你玩弄或包養也沒關係，只要在工作上做出成績，和認同我的人做生意就好。」

「妲莉亞……」

沃爾弗喊完她的名字後愣住了。

她那天就已經想清楚這些狀況，但沃爾弗似乎很驚訝。

這次與騎士團的交易一旦傳開，她的名字必定會浮上檯面，關於她的八卦也會增加。就連涉世未深的她也猜想得到。

儘管如此，她仍不想和沃爾弗拉開距離，改變現在的關係。

但若沃爾弗想改變相處模式，她也無法阻止。

妲莉亞心裡有點害怕，但還是覺得問清楚比較好。

「會傳謠言的地方不只商業公會……若你不想被說閒話，就別再來綠塔，也別和我一起走在街上吧？」

「抱歉，我不想改變這種相處模式……」

他隨即反對，讓妲莉亞鬆了口氣。

「我總是給妳添麻煩，要怎樣才能保護妳呢？」

「沒事的，別在意傳聞就好。我如果是局外人，看到這種狀況說不定也會誤會。有些事沒和本人相處過是不會知道的。」

這是她前世學到的經驗。

以「愛妻」聞名的已婚主管曾向她提出不合理的邀約，令她氣到想揍人。

某前輩嚴厲地教導她，她原以為自己被討厭了，後來才知道前輩是在鼓勵自己。

今世也有這樣的人。

有人被說我行我素、難以親近，其實是擔心自己傷害到別人。

有人看起來堅強、美麗而備受喜愛，其實被人傷過，因而刻意和他人保持距離。

妲莉亞不說人閒話，也盡量不用外表判斷別人。她是這麼想，但實際上很難完全做到。

「先不論會不會被說閒話，你去商業公會想怎麼做？」

「我想堂堂正正地說，我是妳的朋友，我支持妳製作魔導具。我不想隱瞞這點。」

「謝謝你……」

妲莉亞聽了很高興，但又覺得有點不妙。她一定是醉了，眼眶有股酸澀感。

「那就請你以我朋友的身分在商業公會露面。我也會努力不愧對你的期待。」

還好聲音沒有顫抖。

為了不讓眼前的青年擔心，她連忙開朗地繼續說：

「你幫我蒐集試用報告，又幫我把商品賣到騎士團，儼然就是羅塞堤商會的一員呢。」

「除了商會出資者外，我可以再擔任保證人嗎？這樣妳和騎士團交易時也比較方便。雖然傳聞會變多，但若有對我們不利的傳聞出現，我也可以出面處理。」

他說得對，若出現會波及他的謠言，還是由他出面抗議比較好。妲莉亞不太有能力做這種事。

「好，那就麻煩你了。不過你不用再另外出錢，我會將你提供的資金轉為保證金。若有傳聞困擾到你而我無法處理，再請你出面。」

「了解。我雖然沒有權力，但頭頂上仍有騎士團和斯卡法洛特家的光環。萬一發生什麼事，我會盡量處理的。」

這樣她給沃爾弗添的麻煩應該會少一些。妲莉亞輕輕嘆了口氣。

說到保證人，她想起一件事。

沃爾弗已經買了小型魔導爐，和保證人的謝禮重複了。

「我送給保證人的謝禮是小型魔導爐，可是你已經買了，需要第二台嗎？還是有其他想要的東西？」

「那我希望妳花更多時間陪我製作魔劍。」

沃爾弗放鬆了緊繃的表情，瞇起金眸，開心地笑了。

若他宣稱自己的世界繞著魔劍打轉，妲莉亞也不會懷疑。

「你真的很喜歡……魔劍呢。」

話語間短暫的停頓讓沃爾弗緊張到屏息，但妲莉亞並未發現。

商業公會的諮詢

隔天一大早，妲莉亞就在為前往商業公會做準備。

她從騎士團的報告中挑了幾張可以帶去的內容，並檢查五趾襪和乾燥鞋墊的規格書。

接著開始化妝，換上平常穿的亮黑色洋裝，搭配香草色外套。最近天氣越來越熱，或許該買幾件夏季套裝了。

她站在大門外等待，不久後便看見黑底銀色花紋的馬車。

馬車側邊繪有龍與劍的圖樣。龍是魔物的象徵，交叉在龍身上的劍則是代表魔物討伐部隊。馬車本身相當帥氣，但一想到要搭這輛車去商業公會，妲莉亞的表情就變得有點尷尬。

「早安，妲莉亞。」

妲莉亞正想回話，走下馬車的男子卻奪走了她的注意力。

他穿著沒有光澤的黑騎士服，外套較一般的長。這顏色乍看有些沉重，但領子和袖釦邊緣都點綴著深銀色的線，成了不錯的亮點。稍寬的領子上別有閃亮的石榴石領章。妲莉亞後來聽說紅領章代表赤鎧，其他隊員戴的則是銀領章。

略帶光澤的黑皮靴突顯了他的長腿。

這身裝扮實在很適合高挑修長、黑髮金眸的俊美青年。

若將這副英姿畫成肖像畫，就算定價再高也一定賣得很好。甚至比普通的魔導具還賺。

「早安，這身制服很帥呢。」

「……嗯，但有點熱。」

沃爾弗苦笑應道。

今天天空很藍，天上只有幾片雲，妲莉亞在內心祈禱白天不會太熱。

沃爾弗一手幫妲莉亞提行李，另一手扶她上馬車。

她現在見到沃爾弗伸出手，已經不會像之前那麼慌張。習慣真是種可怕的東西。

「我們隊長已經向商業公會打過招呼，等會兒應該不用等太久。」

「謝謝，但這樣好嗎？」

「是我們部隊請妳幫忙，所以別在意。隊長還說萬事拜託了，他之後會正式問候妳。」

「不用特地問候我啦！」

古拉特本來也想來，沃爾弗再三告訴他今天只是要和商業公會打個照面，好不容易才阻止他。

「到公會後，我想先辦理羅塞堤商會保證人的手續，再向多明尼克先生和公會負責人諮詢。」

「我也認為這樣比較好，但要麻煩你了。」

「一點都不麻煩，這本來就是我的工作，妳別放在心上。」

沃爾弗說完後拿出妖精結晶眼鏡，瞇起黃金色眼睛，像在檢查眼鏡。

「你到公會後要戴眼鏡嗎？」

「不，我本來想戴，想想還是算了。我今天要認真工作。」

沃爾弗小心地將眼鏡收進盒子，放入包包中。

「雖然可能會被妳討厭，但我現在起要開始扮演『騎士團的沃爾弗雷德．斯卡法洛特』，直到能輕鬆說話時為止。」

「謝謝你挑戰這麼高難度的事。我也會認真扮演『羅塞堤商會長』，但我沒什麼經驗。」

她說到這裡，忽然發現彼此都已散發出疲憊感。

接下來才要在商業公會努力工作，現在就累怎麼行呢？

「我們要打起精神。等工作結束後，再一起去喝酒吧。」

「好啊，就這麼辦吧。」

他們訂下短期目標，再次拿出幹勁來。

打開馬車門的那瞬間，她感覺到針刺般的視線。

這很正常。身穿黑騎士服的沃爾弗比平時更耀眼，路人當然會好奇他幫誰提行李，扶著誰下馬車。

即使妲莉亞化了妝，換上正裝，依然配不上他。她心中浮現自嘲的想法，不自覺地停下腳步。

「妲莉亞小姐，小心腳步。」

沃爾弗朝她伸出手，改露出貴族的笑容。

那是精心做出的完美表情，與兩人獨處時少年般的笑容、惡作劇成功時的笑容完全不同。老實說妲莉亞不太喜歡。

不過他這麼做都是為了妲莉亞。他為了推廣妲莉亞的魔導具，穿著熱死人的騎士服，忍著疲累營造出貴族氣質。

那麼，她又有什麼好自卑的呢？

儘管不起眼，她仍能堂堂正正地站在沃爾弗身邊。

別低頭，挺直背脊，揚起視線——她這麼告訴自己後，握住沃爾弗的手。

她和受人注目的男子並肩而行，走向黑磚打造的商業公會。

門口的護衛低下頭，彷彿將沃爾弗視為主人似的迎接他進去。

他們走進一樓，嘈雜的說話聲瞬間變小。不可思議的是，所有人連動作都緩了下來。女性們注意到沃爾弗後，竊竊私語的聲音迅速蔓延開來。他卻面不改色地繼續前進，停在鞠躬的男人面前。

「恭候大駕，斯卡法洛特大人、羅塞堤商會長。請隨我至會客室。」

前來迎接他們的是伊凡諾。

他們來到二樓的會客室，嘉布列拉已在那裡等候。

「我是副公會長嘉布列拉・傑達，目前擔任商業公會長雷歐涅・傑達的代理人。感謝您的來訪，今天要麻煩您了。」

「我是王城騎士團魔物討伐部隊員，沃爾弗雷德．斯卡法洛特。這次突然提出請求，還請多多協助。」

妲莉亞看著他們，事不關己地心想「原來這就是貴族氛圍嗎？」。但她是這場商談的始作俑者，不敢說這種話。

「抱歉，在正式商談前，我想先辦手續，成為羅塞堤商會的保證人。」

「好的，公會立刻派人處理。伊凡諾，交給你了。多明尼克也在等我們，我請他過來。妲莉亞，這段時間妳能跟我到隔壁的會客室嗎？」

嘉布列拉說的是問句，深藍眼眸中卻充滿命令色彩。

妲莉亞答應後，她們來到走廊上，和沃爾弗分頭行動。

「我去請人找多明尼克過來，妳在這裡等我。」

「好的。」

嘉布列拉去吩咐職員時，妲莉亞看見兩個男人抱著大箱子，爬上樓梯。

兩人都戴著運送公會的鮮綠色臂章。

「妲莉亞，來工作嗎？」

「對，馬切拉你也是嗎？」

「對啊，幫忙搬公會用紙。」

兩人各抱著三個裝滿紙張的大箱子。

那明明很重，他們卻像在抱棉花一樣。

「妲莉亞，起泡瓶超棒的。」

「伊爾瑪喜歡嗎？」

「她喜歡，但我比她更喜歡。早上刮鬍子的時候很好用。用了之後就沒有皮膚發炎的問題，而且刮得很乾淨。」

馬切拉單手輕鬆扛起箱子，用空著的手摸了摸自己的下巴。妲莉亞看不出差異，但他本人似乎覺得手感有差。

「發炎？你之前是怎麼刮鬍子的？」

「我常因為嫌麻煩，就拿肥皂往臉上搓，還沒搓到起泡就開始刮。有發炎問題的人還滿多的，希望妳能把起泡瓶平價賣到市面上。」

妲莉亞原本只想用它來洗臉和洗手，這意外的用途讓她有些驚訝。

「我知道了，我會早點讓它上市的。」

「謝啦，那就拜託妳了。下次來我們家喝酒吧。」

「好，幫我跟伊爾瑪問好。」

馬切拉離去後，嘉布列拉正好走了回來。

「妲莉亞，這是怎麼回事？」

兩人進到會客室，對方一開口便問了這個問題。

「公會收到騎士團魔物討伐部隊長的來信，信上說『我派部下過去商談，請盡早應對』，這很常見。但他還說『請盡量協助開發者』，我從沒遇過這種狀況。」

「抱歉，我不知道該怎麼處理。請您教我，嘉布列拉。」

妲莉亞滿臉困惑，深深低下頭。

「可以告訴我大致經過嗎？」

「我做了乾燥五趾襪和能讓鞋子保持乾爽的鞋墊送給朋友，呃，也就是剛才那位沃爾弗雷德大人，請他在遠征時試用。」

「然後呢？」

「魔物討伐部隊遠征歸來當天，緊急向我訂購大量的五趾襪和鞋墊。對方還想長期訂購。但量太多了，我一個人根本做不完。」

「太莫名其妙了……」

「我也這麼覺得。對方想先買八十組，接下來半年要買三百組以上。我不知道該拜託誰……」

妲莉亞光想到就頭暈。除此之外，她還有防水布和雨衣的訂單。那些訂單的交期並不趕，但她也不想往後延太久。

「妳一天能做幾組？」

「五趾襪必須請服飾工房製作，我拿到後一天可以加工十五至二十雙。鞋墊則要請人剪裁皮革，和襪子在不同天加工，一天加工二十雙。不過，我還需要綠史萊姆粉當原料……」

「妳能做快一點嗎？」

「如果請魔力較多的魔導具師或魔導師幫忙，速度應該會快一倍。」

「那就僱人吧。」

沉思中的嘉布列拉忽然揚起視線，然後別開目光。

「抱歉，妲莉亞……我這邊也有一筆很趕的起泡瓶訂單。」

「咦？」

「起泡瓶太好用了，我忍不住推薦給貴族朋友。剛才對方緊急通知我要訂兩百瓶。」

「……謝謝，我感動到想哭……」

妲莉亞由衷感激，但她聲音變得生硬，還不小心說出真心話。

原本想請嘉布列拉幫忙，對方卻加重了她的工作量。

「把這些事項全部列出來，一起討論吧。沒事沒事，一定會有辦法的。」

「嘉布列拉，請不要邊說邊比出祈禱的手勢……」

「……對不起，我沒想到會這麼巧。」

兩人聲音中都充滿疲憊，妲莉亞也只能苦笑。

妲莉亞、沃爾弗、嘉布列拉、多明尼克和伊凡諾齊聚在會客室裡。

桌上擺著「魔物討伐部隊之五趾襪與乾燥鞋墊採購計畫書」。妲莉亞和沃爾弗各自做了簡單的說明，並陳述採購計畫書和試用報告的重點。接著嘉布列拉再提出起泡瓶的事。

妲莉亞想起自己還有小型魔導爐訂單，但現場氣氛不適合說這些，她只好將這件事暫時擱置。

現在所有人都閉口不語。

妲莉亞臉上半是疲累，半是緊張。

沃爾弗在假笑和面無表情的界線上徘徊。

嘉布列拉瞇起眼睛盯著採購計畫書。

多明尼克看著規格書，不時閉目沉思。

伊凡諾板著臉凝視試用報告的重點整理。

直到來替他們加紅茶的公會員戰戰兢兢地離開後，嘉布列拉才開口。

「斯卡法洛特大人，不好意思，我想統整一下羅塞堤商會的狀況。可以讓我發言嗎？」

「好的。對了，在商會請叫我沃爾弗雷德，我比較習慣這個稱呼。」

「是，沃爾弗雷德大人。以下是我的提議。」

嘉布列拉輕咳了一聲。

「第一，妲莉亞，妳得盡快提出起泡瓶、五趾襪和乾燥鞋墊的利益契約書申請。我們這邊會派一位公會員協助妳。」

「我知道了，我有帶規格書，很快就能填好文件提交出去。」

她說得對，必須在生產前提出利益契約書申請，不然會很麻煩。

「第二，起泡瓶的部分，我已替妳找到一間合適的工房，妳可以和對方討論量產事宜。工房長說現在工作不忙，隨時都有空。那就請他今天下午過來怎麼樣？」

「好的。」

「第三，至於五趾襪和乾燥鞋墊這筆生意，就派使者去服飾公會，鞋襪的負責人或公會幹部應該下午就能過來，請妳在這裡稍待。不好意思，能請沃爾弗雷德大人同席嗎？」

「當然。」

妲莉亞聽到要請服飾公會的人過來，嚇得臉色蒼白。

「那個，能不能只請服飾公會幫忙介紹工房，我直接跟工房聯繫就好？」

「還是別這麼做。」

一直保持沉默的多明尼克搖了搖頭。

「沃爾弗雷德大人，您很喜歡這組襪子和鞋墊對吧？」

「非常喜歡，前往沼澤地遠征時真的很需要。」

「王城裡除了魔物討伐部隊外，騎士、士兵也都穿靴子或皮鞋嗎？」

「對，幾乎都是。」

「文官呢？」

「文官也幾乎都穿皮鞋。」

「所以只靠一間工房生產是絕對不行的。魔物討伐部隊半年要訂三百組，一年就是六百組。若遍及整座王城，需求量可能會變成五倍以上。之後也可能在貴族和平民間流行。」

「嗯，有道理……其他穿皮鞋的人也需要……」

沃爾弗深感認同。

妲莉亞不禁好奇，王都內得足癬的人有這麼多嗎？大家都處在容易流汗的環境嗎？還是他們在工作中經常需要踏步？然而現在的氣氛不適合問這種事。

「可以優先和原本就在製作騎士團鞋襪的工房合作嗎？」

那些工房有一定的經驗，可以應付大筆訂單。而且若妲莉亞突然搶了他們的工作，他們也會很困擾。

「沃爾弗雷德大人，您知道是哪些工房嗎？」

「是，這份文件上有寫。」

妲莉亞的提議被採納，正鬆了一口氣時，多明尼克又提出另一個問題。

「再來必須和冒險者公會聯絡，預訂鞋墊用的綠史萊姆。之前防水布用的藍史萊姆曾出現濫捕狀況，或許從一開始就該考慮養殖。」

「嗯，那就把冒險者公會的人一起找來好了。得和對方簽保密契約，請他們在捕捉的同時也嘗試養殖。」

多明尼克和嘉布列拉自然地談起了史萊姆的養殖話題，妲莉亞懷疑自己是不是聽錯了。

「但我用不著那麼多，一隻小型史萊姆就可以做五雙鞋墊了。」

「三百雙就是六十隻……三千雙就是六百隻……這鞋墊是拋棄式的吧？」

伊凡諾喃喃唸著數字，在手邊的紙張上計算。

「如果是拋棄式的，所需的史萊姆就更多，至少要上千隻。所以還是盡早執行養殖計畫吧。另外如果方便的話……」

「怎、怎麼了？」

「試作品完成後，我可以買嗎？我有五年都受足癬所苦，就算治好了，若身邊的人有足癬，我又會復發。」

「足癬會復發啊……」

沃爾弗的低語在室內顯得格外大聲。

「……伊凡諾，我們公會對此是不是也有一定的需求？」

「這個問題我無可奉告。讓我這麼說吧，等騎士團的交易結束後，懇請先在商業公會內販售！」

「我也想買。襪子太臭的話，我家小孫子都不敢靠近我……」

妲莉亞很高興有人使用她做的魔導具。

能讓人們的生活變得舒適是最棒的事。

然而，魔導具經常被用在開發者意想不到的地方。

她今天學到了這點。

◆◆◆◆◆◆

結束關於流程的討論後，妲莉亞開始製作登錄魔導具的利益契約書。

首先檢查起泡瓶、五趾襪和乾燥鞋墊的規格書。接著補充五趾襪需要改良的地方，辦理利益契約書。

她左右兩邊分別是負責檢查的公會員和公證人多明尼克。沃爾弗則坐在桌子對面憂心觀望。妲莉亞在他們注視下撰寫三份文件。老實說，這個工作非常耗腦力。

好不容易寫完了，她卻在利益率上和嘉布列拉意見相左。

妲莉亞想讓更多人使用這些東西，藉此降低足癬的傳染率，因此想採用最低的利益率；嘉布列拉則認為，應該趁現在賺足今後的研究費用。兩人爭論不休。

妲莉亞很尊敬嘉布列拉，也很仰賴她。至今她提供的意見，妲莉亞幾乎都接受，唯有這點不想讓步。

沃爾弗和伊凡諾贊同妲莉亞，多明尼克則贊同嘉布列拉。最後按照開發者妲莉亞的意見，採用最低的利益率。

時間正好來到中午。

儘管下午行程更滿，但妲莉亞已經累到不想思考。

公會能幫他們準備午餐，妲莉亞樂意地接受了。考慮到沃爾弗的狀況，今天想到附近餐廳輕鬆吃頓午餐可能有點困難。

他們被請到公會五樓的大房間用餐。

裡頭的家具一看就知道是高級品，地毯也比樓下的柔軟很多。

妲莉亞這才理解到這是貴族專用室，身為平民的她感到很惶恐。

過大的桌子上早已擺好餐具，一旁還站著服務的侍者，老實說她被這排場嚇到了。

「妲莉亞小姐，妳還好嗎？」

可能是她表情太明顯，剛在桌前坐下，沃爾弗便擔心地詢問。

「沒事，只是覺得行程有些匆忙。」

妲莉亞努力辯解，眼前的青年卻顯得更擔心。

「沃爾弗雷德大人，有些話我只想對自己人說，不好意思，能否請侍者上完所有料理就先退下呢？」

「好的，沒問題。」

侍者本來會等盤子空了再上下一道菜，多明尼克提議後，侍者將所有餐點都擺上了桌。還好桌子夠大，放得下。

侍者擺好玻璃杯後，鞠躬離開。

「現場就剩我們四個，應該沒問題。沃爾弗雷德先生、妲莉亞小姐，在這房間可以輕鬆交談。下午會很忙，先放鬆一下吧。嘉布列拉，就照公證文件上說的那樣。」

多明尼克將沃爾弗的稱呼從「大人」改為「先生」，微笑說道。

伊凡諾去事務所安排下午的行程，因此不在現場。

「您在文件上說『我與妲莉亞．羅塞堤是對等的朋友，她可以自由發言，我絕不會認為她失禮』，是吧？」

女人微微皺眉，望向沃爾弗。

「對，妲莉亞和我是平起平坐的朋友。」

「沃、沃爾弗！」

沃爾弗一改彬彬有禮的騎士模式，變回平時的模樣。妲莉亞一不小心就直呼他的名字，當她察覺到時已經太遲了。

「……真的和文件上一樣呢。」

嘉布列拉毫不訝異地舉起酒杯。

「沃爾弗雷德大人，這餐由我來試毒嗎？還是要交換杯盤呢？」

「不，這樣就好。謝謝妳的用心。」

沃爾弗淡淡地回答。妲莉亞愣了一下才理解到，以他的身分，應該每餐都有人替他試毒。兩人在綠塔吃飯時沒試毒就開動，對他而言反而不正常。

他們用氣泡水乾杯後開始用餐，妲莉亞覺得手裡的杯子特別沉重。

用各色花瓣點綴的前菜、充滿香料味的沙拉、白腰豆湯。明明每道菜都很好吃，妲莉亞卻無心品嚐。

妲莉亞喝了口氣泡水想轉換心情，這時沃爾弗像要吸引她注意似的將手伸向餐盤。

「妲莉亞，這就是紅熊。」

「咦，是你拋飛的紅熊嗎？」

「不是我拋飛的那隻，但同樣是紅熊。」

青年露出懷念的笑容回答。

今天的主菜是紅熊肉排，盤中有兩片切成一半大小的肉排。

「別擔心，妲莉亞。這是無人區的紅熊。」

她原本並不擔心這個，被他這麼一說反而在意了起來。

畢竟誰也不想吃到「吃過人」的紅熊。

「紅熊的味道有些特別，不過這個肉排味道濃郁，我想妲莉亞小姐應該也能接受。」

多明尼克邊說邊切著肉排。

「我們運氣好，吃到好吃的紅熊了。」

「沒錯，幾乎沒什麼腥味。」

妲莉亞在他們吃了以後才拿起刀子。

紅熊不愧為紅熊，肉色偏紅，不過其實已經烤到全熟。

她吃了一口，肉質偏硬，但可能有經過細心處理，還算容易咬斷。

這種肉有獨特的香氣和味道，很難用其他肉來形容。

原來這就是熊肉嗎？她咀嚼了幾下後，味道開始改變。

熊肉味變淡了些，取而代之的是有夏日氣息的草香。

咀嚼到最後，肉汁的香味才逐漸浮現，原來肉中隱藏著濃濃的鮮味。

不知是肉本身的味道，還是用調味料醃過的味道。她將熊肉切成小塊細細咀嚼，那多層次的味道相當美味。

她回過神來，才發現所有人都在安靜地咀嚼。

話說回來，這種肉很適合搭配烈一點的酒。

像上次喝的烈東酒就不錯，她真想在吞下熊肉後喝上一大口。

令人想逃離的下午即將來臨，妲莉亞還有心情想這種事，可見她還有些餘裕。

「真想喝不甜的白酒……」

「黑愛爾啤酒也很搭。」

嘉布列拉聽見多明尼克的低沉呢喃，提出了不同的意見。

妲莉亞心想原來他們也這麼會喝，將視線移向沃爾弗。

對方喝光氣泡水，回望妲莉亞，金眸裡滿是遺憾。妲莉亞完全明白他在想什麼，忍不住開口：

「想配烈東酒對吧？」

「沒錯。」

多明尼克和嘉布列拉聽見他們的對話，同時笑了出來。

「竟然讓所有人都想起酒，這紅熊真是罪孽深重。」

「不甜的白酒、黑愛爾啤酒、烈東酒。等騎士團訂的第一批商品交貨後，我們再一起慶祝，品嚐這個肉排吧。」

「那真是令人期待。」

妲莉亞一想到下午的行程就頭大，希望這份期待能讓自己撐過去——紅熊肉排美味到讓她這麼想。

用完午餐不久，他們便接到小物工房長抵達公會的消息。

進入會議室的有妲莉亞、嘉布列拉，還有伊凡諾。

他們請沃爾弗和多明尼克一同在會客室等待。因為若有騎士團成員在場，工房的代表可能會感到不自在。

在會議室等待的是個茶髮斑白，有著深綠眼眸的男人。他身材中等，衣褲都是橄欖綠。不曉得他是平常就這樣，還是因為趕著過來，他臉上留有鬍渣，衣服也皺皺的。

「我是甘道菲工房的費爾莫．甘道菲，請多指教。」

男人起身鞠了個躬，但面無表情，連禮貌性的微笑都沒有。

「我是羅塞堤商會的妲莉亞，請多指教。」

妲莉亞打完招呼，男人像在檢查製品似的打量她。

「聽說甘道菲先生的工房常在製作按壓瓶，此外還生產什麼呢？」

「各種瓶子、噴霧器、管子、箱子等等。」

妲莉亞放下心來，看來委託他們製作起泡瓶應該沒問題。

「我想製作的是這個『起泡瓶』。」

她將起泡瓶放在桌上，擠了一點泡沫在杯子裡，向對方展示。

費爾莫見到之後深深皺起眉頭。

「這裡頭……裝著特殊的泡沫嗎？」

「不，裡頭是普通的肥皂水，但濃度有調整過。」

「……看來可以用來洗臉、洗手、擺在理髮店、當小孩的玩具，用途很多呢。」

「是的。我聽用過的人說，用它來刮鬍子很方便。」

「刮鬍子……我也想試試看。」

男人像對待寶物般摸了摸起泡瓶。

費爾莫的手指關節粗大，手上有著許多深淺不一的舊傷。那雙工匠的手令妲莉亞想起父親，嘴角不禁上揚。

「伊凡諾，從倉庫拿刮鬍刀給費爾莫先生，再帶他到有洗手台的房間讓他試用這個。」

「好的。」

「費爾莫先生，趁此機會把自己『打理』一下吧。」

嘉布列拉在「打理」二個字上加重語氣，這麼說道。

費爾莫微微地苦笑，和伊凡諾一同走出會議室。

「妲莉亞，見到這麼難親近的人，妳嚇到了吧？」

「不會，只覺得他很有工匠氣質。」

「那間工房原本是由他太太負責談生意，不過他太太去年身體出了狀況。他技術不錯，可惜個性有點彆扭……」

「我不介意，像他那樣的工匠應該很多吧。」

魔導具師中也有很多具有工匠氣質的人，不是脾氣古怪，就是沉默寡言。

像她父親那樣和誰都能相談甚歡的魔導具師並不多見。

不過，她父親連見到家裡曬的史萊姆，都會喝著酒對牠們說：「真抱歉，你們為妲莉亞犧牲了，但可別恨她啊。」完全不能拿來當作比較對象。

費爾莫和伊凡諾沒多久就回到會議室。

「這個真不錯！」

費爾莫光是把鬍渣剃光，看起來就斯文很多。

他對妲莉亞露出燦爛的笑容，燦爛到和剛才判若兩人。

「費爾莫先生，可以請教一件事嗎？」

「什麼事？」

「您曾因刮鬍子引起皮膚發炎嗎？」

「有啊，忙碌的早晨更會這樣，真的很煩。這東西普及的話，發炎和刮不乾淨的問題都會減少吧。」

妲莉亞在態度迥異的他面前放了兩個空的起泡瓶。

她拆解其中一個，將部件排在桌上。

「這是蓋子上的壓頭、蓋子、蓋子下的唧筒還有瓶身。」

費爾莫站起身來，妲莉亞也跟著起身。

「動力設計呢？」

「按壓蓋子部分會增加瓶身內的壓力。接著唧筒上的管子就會將肥皂水吸起來。蓋子下方的唧筒上有網狀濾片，因此會形成泡沫，並將泡沫擠至外部。這個彈簧是讓壓頭恢復原狀用的。」

「原來如此。我可以摸摸看部件嗎？」

「嗯，請摸。」

男人的目光已不在妲莉亞身上。他觀察著零散的部件，很快就將其組好又再度拆開，迅速重複了三次後，深深地點頭。

「材料有哪些？」

「請看規格書。」

費爾莫仔細看了看妲莉亞遞來的規格書。

「這些材料和步驟看來都沒問題……我們工房願意接案。」

看樣子不必問他做不做得出來。

「妳要訂多少個？開價多少？」

他問妲莉亞，回話的卻是嘉布列拉。

「你們能做多少個？我們希望月產一千個以上。」

「羅塞堤小姐，妳要交由公會販售嗎？這樣利潤會被抽兩成……」

「是的。我才剛成立商會，因此想將這項商品全部交由公會販售。」

「也對，公會有投資妳的商會對吧？」

男人恍然大悟地點了點頭。

商業公會長擔任了羅塞堤商會的保證人，說投資也沒錯。

妲莉亞一個人無法處理好所有事情。她決定和身邊的人商量，能拜託別人就拜託別人，不要獨自承擔，才不會像前世一樣過勞死。

「我們設立生產線需要兩天，檢查要一天，希望到時候羅塞堤商會長能到場監督。之後會花兩天教導工房人員。順利的話能日產一百個。包含材料費在內的價格，每一百個起泡瓶收兩枚金幣和一枚大銀幣。」

費爾莫滔滔不絕地說完，嘉布列拉神祕地瞇起深藍雙眼。

「費爾莫先生，這數量有把交期的時間差估算在內嗎？」

「……有估算在內。」

「我方希望第一個月加快生產速度，月產一千五百個以上，第一個月可提高報酬，每一百個起泡瓶支付兩枚金幣和三枚大銀幣，如何？」

「好的，我願意接受。」

生意順利談成。妲莉亞在心中高喊三聲萬歲時，男人轉向她。

「信上說希望商量共同開發，是另一件案子嗎？」

「不，我想麻煩您改良起泡瓶。改良版的起泡瓶發售後，我想重訂利益契約書，用共同名義登錄。」

「起泡瓶已經這麼完美，妳還要重訂利益契約書，改成共同名義？要改良的話，妳直接命令我不就得了？沒必要改成『共同名義』吧？」

費爾莫的眼神轉為嚴肅，似乎有什麼不滿意的地方。

他接著責問嘉布列拉。

「副公會長，妳怎麼沒阻止她？竟然任由她做這種有損利益的事。難道是同情我們這間快沒落的工房嗎？」

「我如果因為同情而幫你介紹案子，就不配當副公會長了。共同名義這件事是妲莉亞一開始就提議的。我不是在信上寫了嗎？『前途無量的實力派魔導具師正在尋找能共同開發的工匠』。」

嘉布列拉怎麼會這樣介紹她？

她訂了這麼大量的起泡瓶，要是賣不出去可就笑不出來了。儘管不用自掏腰包所以不會心痛，但一定會壓力大到胃痛。

「但是，通常不都是從最初就參與開發的人才能列在開發名單上嗎……」

男人欲言又止，而目光仍停在拆解開來的部件上。

他眼中閃爍的熱情，妲莉亞十分熟悉。那是職人製作物品、檢查、改進或重做，不斷嘗試時所露出的眼神。

父親這種眼神，她從小見到大。

「可是您一定能改良它，或做出不同的版本，對吧？」

「我可以。」

男人立刻肯定地回答。

「首先，要拿來刮鬍子的話，這個蓋子對男人而言太小了，很難按。我想把它改良得大一點，這樣對小朋友和老人家來說也比較安全。不過外觀會比較沒有設計感。」

「有道理，可以多做幾種不同大小的蓋子。」

「若要擺在人多的地方，就要用大容量的瓶子。為了確保瓶子不會翻倒，可以將瓶身做成方形，或者將重心置於瓶子底部。為了避免被偷，可以多做個台子讓它固定。」

「這些我都沒想過……」

費爾莫不愧是常做按壓瓶的工匠，點子源源不絕，而且每個都很有道理。

「如果要用來刮鬍子，泡沫還要再濃一點。」

「可以改變肥皂水的濃度，或者改變網子的結構。」

「若材質劣化，蓋子和瓶身組合的地方容易壞，所以也要做一些防漏的處理。」

「可以請魔導具師在接縫處貼上克拉肯膠帶。」

「說得也是，這樣比較……對不起，我說話太粗魯了。」

費爾莫不知不覺變回平常的說話方式，連忙道歉，妲莉亞不禁笑了出來。

「沒關係，放輕鬆說話吧。」

「不失禮的話，我就照做嘍。我真不習慣斯文的口吻。」

男人抓了抓頭，露出尷尬笑容。

「我們可以各自想點子，我挑自己能做的先做，做好再給妳看。若妳覺得不錯，就當作新商品，怎麼樣？」

「好的，這樣再好不過。試做的材料費和工資由我支付。」

「不用付我錢，也不必把我列為共同開發者。只要盡量將新商品的訂單轉給我們就好。」

「那怎麼行，如果您同意一起發想製作，就該讓我把您列為共同開發者。不然就請您另外登錄。」

「不，利潤和敬意都該歸給原創者才對。」

原以為進展得很順利，兩人卻又為了小事爭論，一旁的嘉布列拉按住自己的太陽穴。

默默思索如何說服對方的妲莉亞忽然發出小聲的驚呼。

以工匠資歷而言，費爾莫算是她的大前輩。

他可能不希望自己的名字被擺在妲莉亞這種初出茅廬的魔導具師旁邊。這是她覺得最有可能的原因。

自己竟然沒發現到這點，一直在勉強對方，她為此深切反省。

「抱歉沒注意到，我還是新人，有很多不懂的地方卻勉強您這種事……您還是另外登錄吧。」

「不，另外登錄更不可行……」

男人一臉困惑地望著突然沮喪起來的妲莉亞。

「您不希望自己的名字和我這種新人並列在契約書上對吧……」

妲莉亞喃喃說出充滿悔意的話語使費爾莫完全愣住。

嘉布列拉興味盎然地看著他們的互動。

「好啦！我願意當共同開發者。妳可以把我的名字寫在利益契約書上！」

費爾莫投降似的張開雙手。

「這樣真的好嗎？名字和我這種新人擺在一起——」

「我無法接受的是自己分明不是原創者，卻能領契約金。我承認我們工房有點走下坡，但不想接受施捨。」

「我不是在施捨！」

「我懂，妳是想和我這個『前輩工匠』一起開發商品對吧？」

「是的。」

這是當然的。費爾莫對待物品的態度、組裝的速度、找出可以改良之處的慧眼都值得她學習。

「那我就接受吧。雖然我一開始欠了妳人情，但妳要記住一點。」

男人自信滿滿地笑了，幾乎看都不看地便將散開的部件迅速組好。

他明明沒用魔法，卻行雲流水般將起泡瓶組好，像原本的起泡瓶一樣放在桌上。

「我會努力構思好商品，按部就班製作，總有一天要讓妳賺大錢。」

費爾莫用那雙職人的手握起拳頭，露出可靠的笑容。

「好的，我很期待。」

妲莉亞則以真誠的笑容回應。

商業公會的漫長會議

自己出現在這個房間是不是搞錯了什麼？

妲莉亞擠出業務式笑容，進房間後不知第幾次心生這個疑問。

這裡是商業公會五樓的豪華會議室，不，應該說貴賓室。

貼滿象牙色壁紙的牆上裝飾著一幅壯觀的麥田畫。地板則是光滑的灰大理石，上頭鋪的紅地毯軟到腳跟幾乎要陷進去。黑檀桌寬闊而有光澤，讓人擔心指紋會不小心印在上面。

她右邊坐著沃爾弗，左邊是嘉布列拉，再過去是伊凡諾。

對面則坐著服飾公會長和負責人，以及冒險者副公會長和負責人。

如今已過午茶時間，但沒想到公會長和副公會長會親自過來，妲莉亞接到消息時相當不知所措。這間房間儘管做了八個人仍十分寬敞，她卻覺得室內的密度高得異常。

好不容易和費爾莫談完，緊接著就是這個行程。

妲莉亞瞄了眼窗外的藍天。要是能變成鳥，從窗戶逃出去就好了——她緊張到這麼想。

「歡迎來到商業公會。」

嘉布列拉以平常的聲音為會議拉開序幕。

「初次見面，斯卡法洛特大人、羅塞堤商會長。我是服飾公會長福爾圖納托・路易尼。請叫我福爾圖納托。」

「謝謝您的問候。我是騎士團魔物討伐部隊的沃爾弗雷德・斯卡法洛特。」

「初次見面，我是羅塞堤商會的妲莉亞・羅塞堤。」

突然聽到對方向自己問好，妲莉亞內心十分慌張，幸好沃爾弗打完招呼後用眼神提醒她，才勉強接了話。公會長和商會長一般都用名字相稱，但也會依貴族等級和年齡而有所差別。她還要花些時間才能習慣這點。

服飾公會長福爾圖納托是個金髮藍眼的美男子。

他的年紀應該比沃爾弗大上一輪，身穿白襯衫和具有夏日氣息的銀灰西裝。仔細一看，他的服裝上布滿花紋，而且是在製作布料時就已織入。儘管要近距離才看得見，但可以說是優雅又有型。他本人比衣服更亮麗，非常引人注目。

「感謝兩位的邀請，斯卡法洛特大人、羅塞堤商會長。我是法諾工房的副工房長，露琪亞・法諾。」

服飾公會長身旁的綠髮女子向他們問好，她和妲莉亞一樣臉色蒼白。

妲莉亞和沃爾弗一同回應完，和露琪亞四目相交。

對方以唇語問妲莉亞「怎麼回事？」，妲莉亞也用唇語回她「不知道。」。

露琪亞任職的地方就是妲莉亞以前委託試做五趾襪的工房。

她也是委託妲莉亞製作花紋雨衣布的服飾師。

法諾工房由露琪亞的家人經營。那裡什麼時候有「副工房長」這個職位？露琪亞又是何時當上副工房長的？妲莉亞有股不祥的預感，但還是決定先別多問。

「初次見面，羅塞堤商會長。我是冒險者公會的副會長，奧古斯特・斯卡拉第。」

「我是冒險者公會的素材管理部長，約翰・塔索。」

相繼自我介紹的是一名藍髮的高挑男子，和另一名貌似現役冒險者的壯碩男子。妲莉亞向兩名冒險者公會的成員打完招呼後，沃爾弗才開口。

「好久不見，奧古斯特。」

「你在職場上很活躍呢，沃爾弗雷德。」

妲莉亞見兩人笑著互相問好，不禁感到疑惑。

他們直呼對方的名字，難道這位副公會長以前是騎士團的成員嗎？

「我家是斯卡法洛特家的分支，我祖父是沃爾弗雷德祖父的弟弟。」

奧古斯特向所有人說明完，妲莉亞連忙笑著點頭。

眾人打完招呼後，由嘉布列拉說明討論事項。

「羅塞堤商會才剛成立，人手尚不充足。因此本次交易將由商業公會擔任中間人。」

她剛才寄給各個公會的信上寫著下列三件事：

騎士團魔物討伐部隊長下了訂單，急需魔導具的襪子和鞋墊。

可能需要大量的綠史萊姆作為素材。

魔物討伐部隊長表示「請盡量協助開發者」。

服飾公會長看到這封信後，立刻決定親自出席會議，並派使者通知露琪亞一同前來。

冒險者公會的公會長不巧有事，因而由副公會長和素材管理部長出席。

妲莉亞聽到這裡，真想立刻向他們四位拚命致歉。

「以上是魔物討伐部隊的下訂經過，這份是對方提出的『魔物討伐部隊之五趾襪與乾燥鞋墊採購計畫書』。可以由沃爾弗雷德大人說明一下嗎？」

「好的，接下來由我說明。」

沃爾弗接在嘉布列拉之後繼續說明。

他做了一場完美的簡報，詳細描述五趾襪與乾燥鞋墊的效果，並從部隊的試用報告中挑出一些使用心得，最後說明這兩樣物品如何改善鞋內環境、對抗足癬。

句句都是實際使用後的真實感受。

他說五趾襪和鞋墊穿起來很舒適，鞋內不悶熱且能提升戰鬥效率，還能提升工作效率，解決足癬和腳臭問題——簡單易懂的說明讓妲莉亞想起前世的電視購物節目。

他以前說自己「除了打倒魔物，什麼都不會」，妲莉亞覺得根本在騙人。若沃爾弗認真起來，一定能成為優秀的業務。

沃爾弗說明完，對面四個人都露出嚴肅的表情。這讓妲莉亞有點害怕。

「羅塞堤商會長，您說想委託原本就在製作騎士團襪子的工房製作商品，難道您不打算私藏技術嗎？」

「是的，我沒這個打算。我希望這些技術普及開來。」

「羅塞堤商會之後會建自己的工廠嗎？」

「不會，以我們商會的規模無法營運工廠。」

妲莉亞慎選用詞，回答服飾公會長的問題。

她已經事先和嘉布列拉商量過，因此回答時毫不遲疑。

福爾圖納托思考了一下，詢問露琪亞：

「法諾副工房長，你們工房全員出動的話，每天能產出多少五趾襪？」

「手工的話最多二十雙。」

「這麼難做嗎？」

「腳掌和腳背可以用一般的編織機處理，但五趾部分必須手工編織，很花時間……」

「有沒有什麼方法可以加快製作速度呢？」

「我想想……或許可以將手套專用的編織機改良成腳趾用的，編織完再將邊緣縫起來就好。若這個方法可行，產量可以達到三倍。」

露琪亞雙手交握抵著額頭，拚命思考對策。妲莉亞看見她的太陽穴正不斷滴汗，覺得對她很不好意思。

「編織機是嗎?好，我們明天來召集技術人員。除了原本就在製作騎士團襪子的工房外，還要向有空的工房招人，在服飾公會裡找個地方製作五趾襪。剛開始可以先用手工縫製，同時建立生產線，並陸續將成品交給商業公會。」

福爾圖納托說完，嘉布列拉點了點頭，襪子部分便由他們負責。

「鞋墊則委託鞋匠進行剪裁。剪裁好之後要交給商業公會嗎？還是由我們的魔導具師賦予完，再交付成品？」

「麻煩貴公會的魔導具師處理。」

「了解，我們會處理。至於收入，我們會支付羅塞堤商會利益契約費和淨利的兩成，這樣可以嗎？」

「商業公會希望的數字是二成五。」

「考慮到服飾公會付出的時間，這個數字有點困難。」

嘉布列拉代替妲莉亞和對方談條件時，坐在她身旁的男子舉起手來。

「不好意思，我可以發言嗎？」

「請說，伊凡諾。」

「抱歉打斷二位。服飾公會支付淨利的兩成給商會，但相對地要麻煩您們執行成品的管理與申報。另外，希望商業公會能將販售對象的最優先決定權交給羅塞堤商會。」

「成品的管理與申報是嗎……」

福爾圖納托蹙起了眉。嘉布列拉則像貓般瞇起眼睛，望著伊凡諾。

「……好吧，就由我們管理成品，並向羅塞堤商會長報告。我們接受這個條件。」

「商業公會這邊也同意。」

「我個人認為這是最好的做法，不知您覺得如何呢，羅塞堤商會長？」

伊凡諾的話語中有股不容質疑的強勢。

「我也贊成這個條件。」

沃爾弗搶先回答，推了妲莉亞一把，接著她也表示同意。

妲莉亞不是很清楚現在的狀況，她對此既不甘又愧疚。

「我們這樣等於承包了羅塞堤商會的工作，因此貴商會可以派人到場監督。」

福爾圖納托露出業務式笑容，笑著說道。

不過，雖然他這麼說，但羅塞堤商會只有妲莉亞一人，無法派人到場監督。

「沒關係，我信任福爾圖納托先生，一切都交給您。」

妲莉亞連忙回答。服飾公會長訝異地睜大眼睛，不知為何鞠了個躬。

「……謝謝，我會盡力回應您的信任。」

身旁傳來椅子移動的嘎吱聲，似乎是沃爾弗變換姿勢時發出的。他清清喉嚨掩飾尷尬。

「輪到我們了。」

冒險者公會的副公會長奧古斯特瞇起眼睛，露出笑容。

「羅塞堤商會長，聽說製作鞋墊時需要用到綠史萊姆，請問實際上一隻能做幾雙呢？」

「一隻小型史萊姆可以做五雙，共十片。」

「所以一千雙就要兩百隻……數量滿多的。約翰，你認為呢？」

「考量到今後的生產，光靠討伐絕對不夠，一定要進行養殖。」

被點到名的素材管理部長用那雙樺色眼睛望向妲莉亞。

他臉上雖然掛著笑容，眼神卻像在瞪人。

她做過什麼得罪這個男人的事嗎？正當她拚命回想時，約翰的嘴角勾起了漂亮的弧度。

「我深受羅塞堤家照顧。卡洛先生曾向我們訂購克拉肯，用來製作熱水器的密封材料，還訂了砂蜥蜴，用來製作吹風機的耐熱零件，兩者都是我去捕捉的。現在想起來真懷念。」

約翰說他自己去捕捉魔物，讓妲莉亞的業務式笑容僵住了。

他雖然體格健壯，但身分不是冒險者，而是公會職員。

身為公會員的他竟然得親自去捕捉，看來她父親給他們添了不少麻煩。

「還要感謝羅塞堤商會長向我們訂購防水布用的藍史萊姆。當時公會到處一片藍，讓我印象深刻。」

約翰語氣平淡，卻一句比一句更刺中她的心。

她很難想像當時是什麼狀況，但明白他們父女造成了約翰相當大的負擔。

「很抱歉，我們父女對您造成諸多困擾……」

「不會，這是我的工作。不過真的、真的很感謝您這次事先告知需要綠史萊姆，以免引起混亂。就先採養殖的方式吧。」

「謝謝您……」

妲莉亞歉疚地深深低頭道謝後，奧古斯特開始提議。

綠史萊姆不是熱門素材，因此冒險者公會可以優先將現在的庫存賣給她，同時委託中級以上的冒險者捕捉綠史萊姆，以祕密進行的方式取得一定數量。

冒險者公會也會負責將史萊姆磨成粉末，這麼一來初期運作就沒問題了。

至於綠史萊姆的養殖，養殖業者已開始嘗試，冒險者公會將拜託對方增設養殖槽。妲莉亞可以暫時鬆一口氣。

「再來，冒險者公會有個請求。捕捉、養殖、磨粉等庫存方面的事務都由我們盡量負責，騎士團的案子完成後，能否將一定數量的商品優先賣給冒險者公會呢？」

繼商業公會之後，又有公會提出優先購買的請求。原因是否也和魔物討伐部隊相同？妲莉亞想著便詢問對方。

「是要轉賣給冒險者嗎？」

「是的。冒險者追逐魔物或尋找素材的過程中，不太能脫鞋子。還有人會穿著鞋子睡覺。因此流汗、戰鬥時的問題、足癬問題，他們全都有。如果五趾襪數量不足，就先賣鞋墊給我們沒關係，我想盡早提供給冒險者。」

「鞋墊的製作時間比較短，屆時會盡可能量產，待羅塞堤商會和商業公會商量過後，再將可出售的數量送至貴公會，可以嗎？」

「謝謝，不勝感激。」

伊凡諾輕鬆作結。不愧是商業公會的契約書負責人，他應該也很擅長協調糾紛。

妲莉亞沒開口，嘉布列拉也沒插話。

「原來冒險者公會也會接素材相關的工作。」

沃爾弗佩服地說完，奧古斯特笑著回答：

「是的。冒險者的職業生涯並不長，公會正在逐漸增設素材和教育方面的工作，讓他們引退後也能繼續活躍。」

討論完主要事項後，約翰恢復冷靜，表情也和藹了些。

「羅塞堤商會長，您現在最常使用的史萊姆是哪一種？」

「用得最多的還是藍史萊姆，之後綠史萊姆的用量也會增加。」

「您計劃開發的魔導具中，需要用到其他史萊姆嗎？」

「目前還不知道，但我之後也想試試黃史萊姆和紅史萊姆。啊……我想起來了，我還有用少量的黑史萊姆。」

「……黑史萊姆。」

約翰的表情剛恢復正常又蹙起眉頭。樺色眼睛疑惑地盯著妲莉亞。

「黑史萊姆無法養殖……牠們是一級討伐對象，而且會把養殖槽溶掉。」

「這樣啊……那用魔封水晶來做養殖槽如何？」

「或許有效，但不知道要花多少錢……」

「養殖槽做小一點，一次只養幾隻，只有內側用魔封水晶，這樣也不行嗎？」

「聽起來也不是不行……」

「妲莉亞小姐，黑史萊姆的問題我們下次再討論吧。」

妲莉亞熱心地向約翰提供意見，卻被沃爾弗以業務式笑容阻止。他說的沒錯，這個問題應該等要用黑史萊姆的時候再說。妲莉亞因而結束話題。

「那麼，我們會竭盡全力，為這兩項商品建立快速的量產體系。我們也會嘗試改良報告上提到的地方，尋找更強韌的線。」

「不過，五趾襪還是要花一定的時間才能做好……」

嘉布列拉嘆息似的說完，妲莉亞忽然想到一個點子。

「啊……或許可以直接用『布』做襪子。」

「布？」

「對，露琪亞，可以用伸縮性好的布料……像是混了獨角獸毛或雙角獸毛的布料，這樣只要將接合處縫起來就行了吧？」

「的確只要縫起來就行了。妲莉亞，這真是個好點子！……啊，抱歉。」

露琪亞不小心忘了分寸，天空色眼眸游移著並道了歉。

「獨角獸和雙角獸……兩種都是稀有魔物，幾乎連遇都遇不到……」

約翰低著頭，肩膀不停地顫抖。

「羅塞堤商會長，不，羅塞堤大人，請將您想要的素材，和您打算開發的魔導具會用到的素材列成一份清單……不，妳現在就給我說清楚！」

「約翰，你冷靜一點！」

奧古斯特要約翰態度好一點，用更大的聲音掩蓋「給我說清楚」這幾個字。

邊說還邊大聲拍了約翰的背好幾下。

「我下屬失禮了，他對素材的熱情被激發了。布料的事，我之後會好好跟法諾副工房長商量。」

「……真的很抱歉。」

不知是奧古斯特替下屬辯解，還是約翰低頭道歉的緣故，所有人都閉口不語。然而，眾人好奇的視線不是投向約翰或露琪亞，而是妲莉亞。

「抱歉，約翰先生。會議結束後，我會盡力列出清單給您……」

「……麻煩您了……」

於是，開完會後妲莉亞不得不拚命撰寫清單。

會議正式結束，眾人坐著等待會議紀錄和契約書的製作。

大家喝著剛端上桌的紅茶開始閒聊，妲莉亞看著隨身攜帶的筆記，好不容易寫完清單。

後來她走去化妝室想喘口氣，露琪亞飛快地追了過來。

「妲～莉～亞～～！」

剛進化妝室，露琪亞就以獨特的聲調喊著她的名字。

平時開朗而溫柔的露草色眼睛顯得格外犀利。

「露、露琪亞……」

「這是怎麼回事？服飾公會派使者來我們工房，我爸看到嚇壞了，我媽說五趾襪是我做的，叫我來開會，當場命令我為副工房長！那間工房就我們家五個人，哪需要副工房長！我收拾了一下就過來了！」

化妝室裡沒有其他人，但也不能大聲說話。露琪亞湊到妲莉亞耳邊激動地說。

「抱歉……我將五趾襪送給了騎士團成員，沒想到會演變成這樣。」

「我也沒想到啊。原本想讓卡洛先生開心而拚了命製作，哪知道卻被騎士團看中。啊，聽說妳因為工作，甩了托比亞斯先生，這是真的嗎？」

「我們合意解除婚約……」

「妳真是不會說謊呢。事實是……？」

她們是認識很久的工作夥伴和朋友，露琪亞毫不留情地追問她想隱瞞的事。妲莉亞眼見逃不掉，只好老實地說明。

「奧蘭多先生因為認識新對象而悔婚，我只專情於魔導具，想說這下子就能做自己想做的事。我們為了避免工作上的摩擦，對外宣稱『合意解除婚約』。」

「托比亞斯先生竟然會外遇……沒跟妳在一起真可惜。」

妲莉亞不覺得有什麼好可惜的。或許對前未婚夫很失禮，但那感覺已是很遙遠的事了。

「他若跟妳結婚，就能一起接這份工作了。而且妳還突然變漂亮了。托比亞斯先生現在一定很後悔吧？」

「我不這麼覺得。」

「但我真的很驚訝，他當初明明那麼小心翼翼地保護妳，小心到讓人覺得有點討厭。」

「有嗎？」

「你們和合作的工房接洽時，只要工房負責人是男性，他都會自己過去。有天下雨，我哥送妳回家，他也擔心得要命，還被卡洛先生嘲笑。」

「我都不知道……」

「那當然。他不會告訴妳的，可能是死要面子，或想耍帥吧。」

妲莉亞不曉得托比亞斯有這一面，聽了有些驚訝。但現在聽說這些事也不能改變什麼。

「妳看來也不太在意，只能說你們沒有緣分嘍。那妳跟旁邊的超級美型男斯卡法洛特大人又是什麼關係？」

「因為魔導具而往來的朋友。」

「魔導具啊～真有妳的風格，可惜了。不過想和他談戀愛，的確有點『高攀不起』。」

話題自然地從托比亞斯移到沃爾弗身上，這反而讓妲莉亞比較緊張。

那句「高攀不起」讓她覺得被刺了一下。

「看來我最近必須勤跑服飾公會和工房了。之前委託的雨衣布可以請妳租一輛貨物馬車載到我們工房嗎？抵達後由我們付車錢。」

「好。」

「我想用那些布做可愛的雨衣，但不知道要等到什麼時候……」

「對不起，妳好不容易能做自己想做的事。」

「不會，聽到可以賺大錢，我超開心的。努力工作就有錢修理工房，也能買新的布！或許還能存到我的工房資金呢！雖然要等很久才能實現，但還是懷抱著遠大的夢想比較好。」

露琪亞迅速補上朱色口紅，輕輕拍了拍自己的雙頰。

她的夢想是創立一間製作可愛衣物的工房。

她家人經營的工房主要做的是襪子和手套，因此她拚命存錢，希望有天能成立自己的工房。這點從她們認識到現在都沒改變，妲莉亞和她在工作上合作起來非常愉快。

「待會兒見。一起走也有點奇怪，我先出去嘍。」

「好，待會兒見。」

目送她踏著輕快的腳步離去後，妲莉亞也補了些口紅。

鏡中的自己略顯疲憊。

「羅塞堤商會長。」

當她穿過走廊想回會議室時，冒險者副公會長奧古斯特突然叫住她，還當場向她行禮。

「剛才我下屬冒犯您了，真的很抱歉。」

「不會，沒想到我們給他添了這麼多麻煩。」

「約翰他……也有很多苦衷，我們會再找一天向您正式道歉——」

「沒關係，不用了，我不介意。」

約翰會生氣，歸根究柢都是因為他們父女沒有考慮素材的庫存，毫無規劃就開始製作魔導具。管理庫存可能對約翰造成很大的壓力。即使他不小心脫口說出失禮的話，妲莉亞也不忍心責備他。

「奧古斯特，可以請你說清楚什麼叫『很多苦衷』嗎？他剛才那樣對羅塞堤商會長實在太失禮了。」

沃爾弗不知何時來到她身邊，發問時語氣冰冷，嗓音比平常低了兩級。

「沃爾弗雷德……好吧，我說。這是約翰的私事……他婚後從上級冒險者轉為冒險者公會員，第一份工作就是出海捕克拉肯，花了整整一個月，第一任妻子因而離家出走……」

奧古斯特面有難色，不知是在慎選用詞，還是覺得這種事很難說出口。

「約翰剛再婚又花了兩週去捕砂蜥蜴，孩子出生前後則為了管理藍史萊姆，每天在公會過夜，加上其他問題，導致他妻子數度帶著小孩回娘家住……現在好不容易恢復正常……」

「……謝謝你的說明，我們絕對不會說出去。」

沃爾弗怒氣全消，一下子轉為同情。

妲莉亞則想拚命向約翰道歉，或許也該到父親墳上報告這件事。

約翰完全有資格怨恨羅塞堤家。她對他的家人也很抱歉。

「我要他將工作分配給下屬，但他能者多勞，什麼都自己做……都怪我管理出了問題，讓羅塞堤商會長感到不快，真的很抱歉。我會想辦法解決素材管理的問題，也會告誡他別再做這種事。」

「不，反而是我該向約翰先生道歉……」

他們互相道歉了好一陣子才回到會議室。

妲莉亞認真地想，今後製作魔導具時，必須將素材的數量納入考量。

◆◆◆◆◆◆

眾人互相道別，妲莉亞目送服飾公會和冒險者公會的馬車離去，終於能放緩呼吸。

嘉布列拉和伊凡諾有事情要討論而轉往辦公室，妲莉亞和沃爾弗則以檢查騎士團契約書為由，繼續待在會議室。現在路上滿是回家人潮，他們打算避開這個時段，晚點再叫馬車。

「……好累。」

「真的，但還好順利結束了。」

「這樣算順利嗎？總覺得很對不起約翰先生……」

「的確……」

兩人陷入苦悶的沉默。

各自長嘆一口氣後，沃爾弗在桌上雙手交握。

「那個，我沒有惡意，希望妳冷靜聽我說。之後妳可能還會和貴族交談，有些不能說的話，妳還是知道一下比較好。」

「我說了什麼失禮的話嗎？」

會議中的說話方式、和露琪亞聊得太興奮——疑似失禮的地方太多了，她不知道沃爾弗指的是哪一點。

「妳說『我信任福爾圖納托先生，一切都交給您』。」

「咦？」

「若貴族單身女性對貴族男性這麼說，代表對方夠格當自己的騎士，帶有敬愛之意。」

「怎麼會……」

妲莉亞想說的是「我信任您，所以不必派人監督，貴公會所執行的業務全部都交由您管理」，沒別的意思。她實在不懂為何會被解讀成這樣。

「福爾圖納托先生……他們路易尼家出了很多騎士，但他沒有選擇當騎士，而走上服飾之路。他可能以為妳把他當成騎士，嚇了一跳吧。」

「不，我沒那個意思。」

「沒事，那只是一瞬間的事，他應該也明白妳不是故意的。他知道妳不是貴族，他自己也是已婚身分。若出了什麼事，我會替妳處理，不用擔心。」

「不好意思，我竟然不小心說了這麼失禮的話……」

妲莉亞懊惱地抱著頭。沒想到在無意之中鑄成大錯。她深切希望以後別再見到對方。

「以前有一部歌劇，女主角在最後的高潮對騎士主角說：『我信任奧菲歐先生，一切都交給您。』當時很流行模仿這句台詞。」

「是因為這種表達敬愛的方式很帥嗎？」

「不，當時的人將原有的表達方式和故事的高潮做了結合。」

青年將黃金色目光從妲莉亞身上移開，望向牆壁。

「這很難啟齒……但這句話在當時，通常是貴族女性和男性初次過夜時說的，所以妳還是別這麼說吧……」

「什麼！」

妲莉亞趴倒在桌上，化為一動也不動的生物。

「太奇怪了吧，誰知道啊，這樣我以後什麼都不敢說了……」

「放心，這是特例，並不常見。剛才注意到的人應該只有我和奧古斯特而已。連嘉布列拉小姐也沒發覺。咦，還是說她只是假裝沒發覺？這句話可能不是她那個年代流行的……」

如果在場的都是貴族，又都是經歷過那個年代的人，妲莉亞這麼說等於是當眾出醜。這讓她確信自己絕對不適合當貴族。

「不過，這是比較特別的表達方式。還有一種情況是，用馬車送女性回家時，對方說『請為我摘下手套』，這種比較好懂。」

「那是什麼意思？」

「……女性邀約的話語。」

「放過我吧……我真的不懂啊……」

妲莉亞說著都快哭了，感覺頭越來越痛。

「妳沒聽過，那也無可奈何。之後和貴族交談時盡量找我一起吧。我那邊有貴族對話的教本和筆記，可以借妳。」

「請你一定要在場。話說，真的有介紹這種對話的書嗎？」

「那是我母親的書和筆記，有點舊了。下次拿給妳。」

「麻煩你了……」

妲莉亞這麼回答，但還是不敢抬起頭來。

辦公室中，伊凡諾穿好藍色外套，坐在沙發上。

嘉布列拉坐在對面，用那雙深藍雙眼直直盯著他。

「伊凡諾，你到底在想什麼？」

「對不起，我不顧商業公會，擅自以羅塞堤商會保證人的身分行動了。」

嘉布列拉所質問的，是伊凡諾在會議中的立場和發言。

他本該將商業公會放在第一位，剛才發言卻以羅塞堤商會的利益為優先，還向商業公會提出建議。

「希望商業公會能將販售對象的最優先決定權交給羅塞堤商會。」

比起金額，這句話對今後的影響更大。一間商會想要獲得權力，最重要的就是掌握販售對象的決定權。

伊凡諾做出這樣的判斷時，就已不再是公會員，而是從羅塞堤商會的角度在看事情。

「長久以來受您照顧了，我很抱歉。副公會長，不，嘉布列拉小姐，請容許我離開商業公會。」

伊凡諾站起身，深深一鞠躬。他頭也不抬地等待對方回應。

「……我就知道會這樣，但比我想的早了一點。抬頭吧。」

嘉布列拉毫不驚訝。伊凡諾走進辦公室時，她便已猜到了這點。

天氣這麼熱，他卻將外套釦子全部扣好，還打著領帶。

「……原來您已經猜到了。將我安排在卡洛先生和妲莉亞小姐身邊就是為了這個嗎？」

「對。我希望你想清楚，到底要成立商會、加入商會，還是留在公會。」

「您和這間公會照顧了我十六年。我還以為自己會一直在這裡工作，工作到老死。」

「你還是打消這個念頭吧。為了羅塞堤商會，不，為了妲莉亞。」

「我這麼做不是為了妲莉亞小姐，而是為了我自己。比起公會，我還是更喜歡商會……更喜歡經商。」

伊凡諾露出嘉布列拉從未見過的開朗笑容，這讓她有些不悅。

「辭職前，你應該先問問妲莉亞要不要僱用你吧？」

「這麼做對她不公平。請讓我現在就填寫辭職文件。」

「不用向你太太說明嗎？」

「她從未對我的工作發過牢騷，只叫我盡情做自己想做的事。」

「真是位好太太。那你就在這邊把文件填一填吧。」

嘉布列拉從書桌抽屜拿出筆和離職文件，遞給伊凡諾。

他毫不猶豫地迅速填完文件。

嘉布列拉接過文件，點了點頭後，將文件收進第一層抽屜。

「這樣就行了，我先保管。」

「保管？您不收下嗎？」

「你萬一被拒絕就回來吧，我重新鍛鍊你。對了……你可以先去找沃爾弗雷德大人。有他推薦，妲莉亞應該就不會拒絕你了。」

「這麼做難度反而更高吧？」

伊凡諾苦笑問道。對他而言，請貴族兼騎士團員的沃爾弗雷德推薦自己，比向妲莉亞自薦還困難。

「去用男人間的話題收服他，順便觀察一下他是怎樣的人。你既然要待在羅塞堤商會，就免不了要和他來往。再來，你要做到下個月底把工作交接完才能離開。對公會而言，羅塞堤商會是個獲利越來越好的交易對象，所以我准許你同時處理兩邊的工作。」

「……真的很抱歉。我受了您的照顧，還給您添麻煩。」

「我不喜歡優柔寡斷的男人。你趕緊在妲莉亞離開前去找她吧。」

伊凡諾起身深深鞠了個躬後，快步走出辦公室。

嘉布列拉確定伊凡諾關上房門走遠後，全身靠在沙發的椅背上，連頭也靠了上去。

十六年——感覺很長，其實很短。

伊凡諾本來是個初出茅廬的商人，嘉布列拉讓他多方學習，累積經驗，想將他培育成能幹的公會員。

然而，伊凡諾的「本性」始終沒變。

即使成為商業公會員，他仍保有商人的眼光。他渴望的不是擔任管理者，而是投身商業活動之中。

嘉布列拉期待他改變，但也料到他會做這樣的決定。

「原本還想說，如果他留到我退休那天，我就收他為養子，繼承副公會長之位……」

她雖然這麼說，臉上卻露出非常愉悅的笑容。

「真是的，一個好男人就這樣被妲莉亞搶走了。」

「斯卡法洛特大人，請問能占用您一點時間，討論羅塞堤商會保證人的事嗎？」

「好的，沒問題。」

「妲莉亞小姐，跟您借一下斯卡法洛特大人。」

「……請。」

妲莉亞趴在會議室的桌上，一動也不動。

今天的行程似乎讓她疲憊不堪，那模樣真令人同情。

「不好意思，斯卡法洛特大人，借一步說話。」

伊凡諾走向二樓裡側的走廊。現在是下班時間，那裡幾乎沒人經過。

他忽然在走廊中央停下腳步，沃爾弗疑惑地瞇起眼睛。

「我知道這樣很失禮，但想請問斯卡法洛特大人，您對妲莉亞小姐有什麼想法？」

「我認為她是一位了不起的魔導具師，也是我重要的朋友。」

「這樣啊。」

伊凡諾輕輕點頭，單手伸向走廊的地板。

「這裡就是卡洛・羅塞堤先生斷氣的地方。我看見他突然倒下，立刻趕了過來，卻什麼都做不到，他就這麼過世了。」

「這裡……」

沃爾弗毫不猶豫地單膝跪地，雙手交握，低聲說出祈禱的話語，接著靜靜地站起身。

「謝謝你告訴我。」

「不會，我或許只是想看你這麼做。」

沃爾弗露出警戒的眼神，盯著伊凡諾。

那股視線連男人看了也會為之一顫，但伊凡諾堅持不別開。

「妲莉亞小姐在我眼中是一位黃金女神。我從未見過那樣金光閃閃的人。但她本人好像完全沒意識到。」

「什麼意思？」

「我認為羅塞堤商會前途無量，一定能賺大錢。」

「或許有這個可能。」

「我想待在妲莉亞小姐身邊，協助羅塞堤商會發展，所以剛才向商業公會提出了辭呈。」

等等要去向妲莉亞小姐自薦，擔任羅塞堤商會員。」

「為什麼要告訴我這件事？」

「請向妲莉亞小姐推薦我吧，沃爾弗雷德大人。」

「……你憑什麼要我向妲莉亞推薦你？」

沃爾弗毫不客氣地問，聲音中略帶焦躁。

聽到那樣的聲音，伊凡諾鬆了口氣似的笑了。

「我已結婚，有兩個女兒。對妲莉亞小姐而言很『安全』。」

「這種事我無從判斷。」

「沃爾弗雷德大人，您是胸派還是腰派？」

天外飛來一筆般的問題令沃爾弗感到頭疼。

他褪去所有偽裝，露出傻眼的表情反問：

「你為什麼突然說這些？」

「我是胸派，喜歡個頭嬌小，胸部豐滿的女性，我妻子正是我的理想型。因此，我對妲莉亞小姐而言絕對安全。像我這樣的人和她共事，您應該很安心吧？而且我當了十六年公會員，擁有一定的知識。再來，進入公會前，我直到十九歲是其他城鎮商會長的長子，對商會的運作也很熟悉。」

「既然是長子，為什麼不繼承家業？」

「我十九歲那年失去了一切。商會一夕間倒閉，父母和妹妹自殺。我素行不良，在戀人──也就是現在的妻子家過夜，正好不在家。後來我就和妻子逃到王都，找到了在商業公會打雜的工作。」

之後伊凡諾就一直待在這裡。知道他和妻子這段經歷的人，只有嘉布列拉和傑達子爵，以及眼前正在聽他訴說的男子。

「你不想成立自己的商會嗎？」

「妲莉亞小姐的商會更吸引我。而且一間商會裡如果沒有會做生意的人，很容易成為商業公會或其他人利用的對象。我不允許這種事發生。」

「那不是你的商會，為什麼這麼操心？」

「那間商會可以讓我盡情作發財夢，說不定還能改變整個世界。見到這種商會，哪個商人不熱血沸騰呢？」

「我是騎士……不懂商人的心情。」

「我既有經驗，又有自信，一定不會妲莉亞小姐有所損失。所以能請您推薦我嗎？」

沃爾弗無法立刻回答，用手指抵著下巴。

沉默了一會兒後，那雙黃金色眼眸看向伊凡諾。

「答應我兩件事，我就推薦你。」

「若是我能做到的，我就答應。」

「去神殿領受契約魔法，發誓你不會對妲莉亞和羅塞堤商會圖謀不軌。」

「看來您不信任我呢，但這是當然的。我接受。」

這很像貴族會提的條件，早在伊凡諾意料之中。他點了點頭。

「另一件是……請你以保護妲莉亞為第一要務。如果發生了什麼事，比起商會、利益，比起任何事，希望你能優先保護妲莉亞。」

「……我以商人身分，不，我以男人身分答應您。」

這點完全出乎伊凡諾的意料。

這不是命令，而是請求。

沃爾弗想要的不是商會的利益，也不是為騎士團開後門，而是一名女子的安全。

聽到這裡，伊凡諾基本上就已經相信沃爾弗這個人。

「這個給你用來做準備。」

「……咦？這不是即位紀念金幣嗎？不知道有多貴！」

伊凡諾陷入沉思時，沃爾弗想都不想就將金幣交到他手上。

那是現任國王即位二十週年的紀念金幣，比平常的金幣大，而且是限量販售。

商業公會也接到了購買洽詢，開賣後一枚就要十枚金幣，價格貴得離譜。從那之後又過了一陣子，如今不知道漲到多高。

「這對我來說就是普通的金幣。我聽說換工作要花不少錢，商會也很難馬上給你薪水。這筆錢是我給你的。你不用告訴妲莉亞，默默收下就好。」

「……好的，那我就收下了。還有，請您直呼我伊凡諾。」

「好，伊凡諾。你也叫我沃爾弗就好，請多關照。」

「我會稱呼您沃爾弗大人。請多關照。」

兩人互相點了點頭，走向妲莉亞所在的會議室。

窗外的天色逐漸變暗。

魔導燈照亮的樓梯間沒半個人影。他們似乎聊太久了。

「對了，沃爾弗先生。回到剛剛的話題……」

「什麼？」

走到樓梯間的平台時，伊凡諾叫住沃爾弗。

「認真說起來，您是腰派還是胸派？」

「……腰派。」

「我們喜好相反呢。」

聽見伊凡諾的嘆息，沃爾弗不禁露出苦笑。

「我認識的人大多是胸派。騎士團也是嗎？」

「我不知道整個騎士團如何，但我認識的人裡，胸派和腰派大概是三比二……」

他們說到一半，有個黑影從樓上走下來，在魔導燈照耀下被拉長。

「……伊凡諾先生，二樓的事務員好像有事，正在到處找你。」

「妲、妲莉亞小姐，謝謝妳！我這就過去！」

愣住的伊凡諾瞬間回神，向妲莉亞低下頭後一溜煙跑走。

留在原地的沃爾弗拚命掩飾尷尬表情，望向妲莉亞。

「……呃，妳聽見了嗎？」

「抱歉，聽了一些。因為樓梯間的聲音會往上傳。」

「從哪裡開始？」

「從你是腰派的地方。」

「……那只是男人之間的無聊玩笑……」

沃爾弗連在魔物面前都不會冒汗，如今卻冷汗直流。

順帶一提，直覺告訴他，現在說什麼都沒用。

「腳派。」

「啊？」

妲莉亞口中突然迸出這個詞，沃爾弗愣愣地問。

「我父親說他是腳派。有天他在綠塔和朋友喝開了，連我在的時候也一直強調腳的魅力，後來我有一週沒和他說話。」

「呃，妲莉亞……」

「沃爾弗，下次這種話題，還是請在只有男性的小房間裡說吧。」

沃爾弗從未見過她露出如此冰冷的笑容。

他只能默默地點頭。

獨角獸墜飾

天氣太熱了，工作間從一大早就開著冷風扇。

妲莉亞將雨衣布整理好後，請載貨的馬車送去給露琪亞，工作間變得空曠許多。

她打掃著工作間，回想起昨天的事。

昨天離開公會前，伊凡諾來對她說：「我想在羅塞堤商會工作」。

羅塞堤商會雖然名為「商會」，實際上只有妲莉亞一人，而且她完全不懂如何經商。她正為此事感到焦急，想多學一些知識，因此伊凡諾的提議對她來說無異於及時雨。

基於沃爾弗的推薦，以及他本人的強烈要求，妲莉亞便答應下來。

妲莉亞問了他三次「真的要離開商業公會嗎？」、「不會後悔嗎？」。

她還說自己不一定能給他穩定的薪水。可是他說光是這筆襪子和鞋墊的訂單就已經很賺了，若她覺得不安，可以等有利潤時再付薪水。

她當然不能這麼做，因而答應給他等同於公會員的薪水，若有利潤，經過商量會再替他加薪。

最後他們講好，伊凡諾離開公會後便從羅塞堤商會保證人名單中除名，改任為商會員。

妲莉亞對此深感慶幸，但也有很多在意的地方。

第一，她擔心這樣會對商業公會，尤其是嘉布列拉造成很大的困擾。

再來她很疑惑，沃爾弗和伊凡諾什麼時候變得這麼要好？

能像那樣開男性間的笑話，可見他們應該很聊得來。

不過什麼胸派、腰派、腳派，她完全不懂男人的標準。不，即使不懂也不會有任何困擾就是了。

她經過工作間的鏡子前時，瞄了一下自己的腰。看起來很普通，完全沒有魅力可言。她想起前世有很多像是提臀體操之類的鍛鍊方式，不知今世的書店有沒有這種美容書籍。

「我到底在想什麼……」

一定是昨天商業公會的會議讓她太累了。

妲莉亞搖了搖頭，繼續打掃。

她打掃時順手整理了一下櫃子，瞥見依勒內歐送的那盒獨角獸角。那支角細歸細，但還滿長的。她想將它稍微切開，確認一下材質。

一打開魔封盒，獨角獸特有的魔力隨即湧出。

那支角呈現略帶金色的白色。仔細一看，上面還有細細的螺旋斜紋。

沃爾弗見到的獨角獸，角也是呈淡金色，可見這應該是一般的顏色。魔物圖鑑上只寫「主要呈白色」，還是要實際見過才知道確切樣貌。

這支角可能才剛摘下沒幾天。

光是拿在手中，就能感受到一定的魔力。緩緩流動的魔力為指尖帶來些許溫度，有點癢癢的感覺。

質感和前世的象牙有點像，但比象牙更重，密度也更高。

根部的直徑約為二點五公分。妲莉亞用布小心固定後，切了一片八公釐的薄片。她擔心用一般的鋸子切不斷，所以用了有魔法賦予的線鋸，但切起來還是很硬。

聽說它有「完全無毒化、淨化水質、減輕疼痛」等效果，不知道這塊薄片的效力多大。測試效果有一定的難度，但很有趣。

薄片遠看呈白色，但拿在手中變換角度，有時會發出金光。或許可以用來做小首飾。

妲莉亞拿著薄片，感受它流到手上的魔力，將薄片的周圍磨平，細心打磨表面。

這項素材的光澤很美，因此她像加工首飾一樣，在其表面雕上淺淺的玫瑰花紋。

她覺得自己雕得還不錯，進而加深玫瑰的立體感，修飾細節，將它加工成墜飾的主要部分，專注到忘記時間。

妲莉亞感到口渴而抬頭時，已是日正當中。

她最後想加強墜飾的耐久性，便從指尖輸出魔力，試圖賦予「硬度強化」的功能，卻被墜飾彈開。她回想起製作人工魔劍的經驗，嘗試讓魔力包住墜飾，而非與之碰撞。然而魔力還是四散開來。

「硬度強化」行不通，她鍥而不捨，改試「輕量化」的賦予，結果一樣被墜飾彈開。

「嗯……」

被彈開的魔力殘留了一些在指尖，妲莉亞歪頭思索。

她想到兩種可能。

一、獨角獸的魔力太強，憑她的魔力無法對其進行賦予。

二、獨角獸具有「阻斷魔力」的特性，本來就沒辦法進行魔法賦予。

要測試第一種假設是否正確，就只能拜託魔力強大的魔導師。

至於第二種假設，她剛才已用線鋸魔導具成功將其切開，可見它並不會彈開所有魔力。說不定只排斥賦予魔法。

她想拆解短劍，確認獨角獸能否用來當短劍的賦予素材，甚至阻隔魔力，這些都要實際試過才會知道。

沃爾弗那麼喜歡魔劍，這個實驗還是等他在的時候再來進行好了，不然他可能會生氣。

妲莉亞將獨角獸墜飾放在桌上，伸了個大懶腰。她維持同一個姿勢太久，肩膀變得很僵硬。

她突然想到，母獨角獸的角有「減輕疼痛＝治療肩頸痠痛」的效果。依勒內歐正是為此替她找到這項素材。

妲莉亞拿起手邊的細皮帶穿過墜飾，掛在脖子上，讓墜飾的背面直接接觸胸口。

她原本對此半信半疑，但肩膀的沉重感減輕了不少。不知是大小還是材質的關係，痠痛並未完全消失。不過用來減輕痠痛正好。有了這個墜飾，長時間工作應該能輕鬆一些。

若要將獨角獸賦予在劍上，不知要花多少魔力——妲莉亞想著想著，忽然想起過去耗費她最多魔力的素材，不禁蹙眉。

天狼牙。

它和獨角獸的角一樣散發著金色光輝，呈現亮眼的銀白，外觀非常美。

天狼（skoll）是一種獸型魔物，有著漆黑毛皮，金或銀色的雙眼。

牠能在天空中奔馳，以雞蛇（cockatrice）、獨角獸、天馬（pegasus）等其他魔物為食。

妲莉亞的父親受託製作大型熱水器，從客戶那邊得到天狼牙。

當時父親將多餘的兩塊小碎片送給她，並這麼說：「這素材很難應付，別馬上拿來用。再過個五年、十年，妳應該就能用了。」

然而，妲莉亞拿到這項素材時，正值好奇心旺盛的學生時代。她半夜在自己房間偷偷地嘗試，一握住就無法放開，魔力不斷被吸走，直到快要昏厥，後來狂吐了一場。

天狼牙吸收魔力的能力委實驚人。

一旦開始賦予魔力，光靠本人的力量根本停不下來。像要將魔力從人身上扯下來那般。

那種彷彿被吞噬般魔力被奪走的感覺和妖精結晶不同，引發她更深層的恐懼。

她什麼都沒說，仍被父親發現。父親沒有罵她，只是連續兩天都叫她躺著休息，一直給她吃加了大量砂糖的牛奶麵包粥。

附帶一提，父親用天狼牙在大型熱水器上成功完成風魔法效果的「防止熱失控」賦予，一點問題都沒有。

在那之後過了四年。

雖然離父親說的五年還差一年，但她的魔力量增加了，製作魔導具的技術也提升了些。

不過要像父親那樣精準地賦予魔力、製作魔法迴路，她的實力還差一大截。

「那兩塊碎片應該還在房間抽屜裡……」

她怕被父親發現，而將碎片收在書桌抽屜裡，再也沒動過。

賦予失敗的那塊碎片中應該還有一點魔力。不知是否能再追加魔力，將它賦予在材質最為堅硬的手環上。

說不定它已經在那次失敗中受損，不堪使用。

反正都失敗過一次，這次再試試看，不行就算了。

現在綠塔裡只有妲莉亞一個人，如果她昏倒，沒有人能救她。

不過，這也意味著沒有人會因為她昏倒而擔心她。

魔力被抽光，頂多只會嘔吐或倒在地上不省人事而已。

這麼做沒有任何問題，不，多少還是有點問題，但她認為不必擔心。

前世有句話叫「一有想法，馬上行動」。

今世則說「一有想法，先看看影子」。

意思是勸人採取行動前，先看著腳邊思考一下。妲莉亞不太喜歡這種處事態度。

「睡前嘗試的話，就沒問題了吧……」

唯獨工作間裡的素材們聽見了這名挑戰者的低語。

兄弟與惡夢

沃爾弗久違地回到斯卡法洛特家的別邸。

他從自己房間望向窗外，覺得庭院裡的樹木好像長高了。這裡名義上是他的家，但距離他上次回來已經過了一季。傭人們見他回來也慌張地忙進忙出。

綠塔待起來比這裡更舒適——他才這麼想，太陽穴就隱隱作痛，便用手指按住。

昨天他和伊凡諾聊開了，不小心在「胸派或腰派」的話題上說出真心話。

沃爾弗沒想到會被妲莉亞聽見，當下露出軟弱的表情。她一定很傻眼，很看不起他吧。

他們後來各自搭馬車回家，他沒能向妲莉亞道歉就回到軍營。

他想立刻寫封道歉信，卻被隊長找去。他向隊長報告完五趾襪和乾燥鞋墊的進展，隊長連聲道謝，他還來不及回答就被帶到餐廳。隊長請他吃飯，而他回到軍營時已是深夜。

今天早上，沃爾弗來到這座別邸。待會兒要和自己最不想見的人見面。

為了讓自己繃緊神經，他穿著和昨天一樣的黑騎士服。老實說，他現在比遇到魔物時還緊張。

提議要和父親見面的是他自己。

昨天妲莉亞和小物工房長開會時，沃爾弗和公證人多明尼克聊了一下。

不懂商業知識的他得到了很多建議。多明尼克特別提到，既然他要當商會保證人，商會又和騎士團有所往來，他就必須向自家人打聲招呼，報告此事。

沃爾弗對此感到猶豫，不情願的心情占了七成。

他幾乎沒和父親說過什麼話。他無法想像自己突然報告這件事，父親會有什麼反應。連父親會不會答應見面，他也不知道。

不過如果能幫到羅塞堤商會，幫到妲莉亞，他願意嘗試看看。

他派使者去找父親，隨即得到一則簡短的回覆：「明天上午茶的時間，在別邸見。」

沃爾弗利用等待父親的時間進到放置母親遺物的房間。

他從本邸搬來這裡時，母親的物品也全部搬了過來。裡頭有書、衣服、裝飾品等，以貴族女性而言物品相當少，但還是占了一間中型房間。多套盔甲和劍則放在另一個房間。

沃爾弗很少進到這個房間，但在傭人們的用心下，這裡打掃得很乾淨。

他瀏覽書櫃，找出貴族對話的教本和筆記，收進黑色皮包裡。

他想盡快將這些交給妲莉亞，讓她讀一讀。

她在會議中說：「我信任福爾圖納托先生，一切都交給您。」

這句話很可能被解讀成「我認定你是我的騎士」。

沃爾弗聽了當場愣住，內心慌張不已。

他明白妲莉亞不是那個意思，但很擔心福爾圖納托會誤會。他本來不該多管閒事，但為了保護朋友，還是提醒她一下比較好。

「沃爾弗雷德少爺，古伊德少爺到了。」

「我馬上過去。」

沃爾弗一出房間就接到僕人稟報，他還以為自己聽錯了。

今天來的不是他父親雷納托，而是他哥哥古伊德。

他直接走向會客室，見到斯卡法洛特家的長子——古伊德。

「好久不見，沃爾弗雷德。」

「久違了，哥哥。」

古伊德有著偏藍銀髮和深藍眼睛，長相神似父親，穿著藏青色的三件式西裝坐在那裡。

沃爾弗隔著桌子，坐在和他相差八歲的哥哥對面。

女僕端來紅茶之後，古伊德便要僕人全部退下。

寬敞的會客室裡只剩他們兄弟兩人。

「父親一大早就被召進王宮，他很遺憾不能來見你。不好意思，就由我代替他和你商量好嗎？」

見哥哥一副難以啟齒的模樣，沃爾弗有點同情他。父親可能原本就不想來，才會找他當代理。

沃爾弗上次見到古伊德也是前一個季節的事。而且那次也只是遇到打聲招呼而已。

「好的，沒問題。我當了商會的保證人，而那間商會要將商品賣給騎士團魔物討伐部隊。商會今後也可能和王城或其他單位做生意，特此向哥哥報告。詳細內容請看這裡。」

他擔心自己說不清楚，事先請多明尼克和伊凡諾做了整理。

古伊德拿起那兩枚羊皮紙，迅速瀏覽了一遍。

最後像要確認所有項目似的，將兩張紙並排在桌上。

「看來你結下了不錯的緣分。」

「是的，我覺得很慶幸。」

他不知道哥哥這話是什麼意思，因此回了句表面話。

「父親說這座別邸和裡頭的人都歸你管。羅塞堤商會還沒有自己的建築吧？你們要和貴族寒暄或開會可以來這裡，這裡比商業公會方便。另外，如果你們需要水和冰魔石，就派使者來家裡，我私下給你。」

「謝謝。」

「遇到困難就跟我商量，我盡可能幫忙。」

「感激不盡。」

沃爾弗老實地低頭道謝。他們目前還不需要和貴族敘談，但哥哥願意給他魔石，並和他商量事情，對他幫助很大。

「對了，沃爾弗雷德，你該考慮結婚了吧？如果你有意願，我可以替你尋找符合條件的大家閨秀……」

「不必了，我沒這個打算。」

「這樣啊，我看你也到了適婚的年紀……」

哥哥吞吞吐吐，突然提起這件事。

沃爾弗覺得奇怪，迎上哥哥的視線，發現那雙深藍眼眸直盯著自己。

「你和加斯托尼夫人還有往來嗎？」

「是的，我們關係非常密切。」

他終於明白哥哥在擔心什麼。對斯卡法洛特家而言，他當情夫的事無疑是一項醜聞。哥哥可能是想叫他別再當公爵夫人的情夫，趕快定下來。

「聽說……這是你第一次主動聯絡父親。」

「是嗎？我生活上沒有任何不便，所以沒必要聯絡。」

沃爾弗不正面回應，刻意露出疑惑的表情。

父親一向對他不聞不問，也幾乎沒找他說過話，他對父親又有什麼好期待的呢？不過，父親至少讓他過著衣食無虞的生活，這點他相當感激。

「你打算離開斯卡法洛特家嗎？」

「我的確……希望有朝一日自立門戶。」

突然被問及是否要離家，沃爾弗有些慌張。

他改用自立這個詞以掩飾情緒，但語氣仍偏向肯定。

「我在想這次的事是不是你在為離家做準備……」

「不，商會和這完全無關。」

「原來如此。你有沒有什麼需要或想要的東西？」

「目前沒有。騎士團很照顧我，家裡也會供我所需。」

「你有考慮從魔物討伐部隊轉調到其他單位嗎？」

「沒考慮過。」

「會想調離『赤鎧』這個職位嗎？」

「目前沒這個打算。」

古伊德連續幾個問題，開始讓沃爾弗有點煩躁。

他從學院畢業，以及加入騎士團時，都有收到哥哥送來的賀禮。但他從未和哥哥聊過未來的計畫，畢竟他們沒有好到可以商量這種事。

古伊德似乎在勉強扮演「哥哥」的角色，這讓沃爾弗很不解。

「您怎麼了，哥哥？」

他抬起落在哥哥嘴唇一帶的視線，筆直地望向哥哥的雙眼。

和父親相同的藍眸中光影搖曳，而後閉了起來，頭也跟著垂下。

「抱歉，我知道你在躲我。我認為沒機會和你好好談談，以此為藉口逃避至今。但我一直……想向你道歉。」

古伊德站起身，深深低下頭。

「真的很抱歉。那天要不是你和凡妮莎夫人保護我們，我和母親早就死了。我沒能拯救凡妮莎夫人，害你失去母親，雖然現在道歉也於事無補，但請讓我表達這份歉意。」

「……請抬起頭，您不必為這件事道歉。」

沃爾弗不願想起的光景像昨天的事一樣浮現在腦海。

刺眼的正午陽光、幹道旁的綠意、燒燬的馬車、倒地的男人們、地面上被砍成兩半的母親。

還有自己染血的雙手。

「若我挺身戰鬥，凡妮莎夫人可能就不會死了……不，我身為男人，又是你的哥哥，該由我來保護凡妮莎夫人和你，為你們而死。」

「……請您收回這句話，哥哥。」

沃爾弗沒想到自己的聲音如此僵硬冰冷。

他母親身為騎士，用性命保護了古伊德和他的母親。

沒能保護好母親的是沃爾弗，而不是母親所守護的這個男人。

「那一天，母親挺身而戰是出於她自己的選擇。」

「可是，如果會魔法的我早點行動……」

「她拚命保護了你，你卻說自己該死，這樣我母親，不，騎士『凡妮莎・斯卡法洛特』不就白白犧牲了嗎？因此請收回這句話。」

沃爾弗知道自己眼中充滿敵意，也知道不該對哥哥露出這種眼神。然而他卻無法隱藏這股情緒。

「……對不起，我收回剛剛的話。」

「謝謝您。我為自己失禮的發言道歉。」

古伊德坐回沙發上，淺淺地嘆了口氣。沃爾弗將視線從哥哥身上移開，望向窗外。透過敞開的窗戶，可以看見綠色草皮和花圃中的白花。

「你會恨我、會躲我都是正常的。」

「我既不恨您，也沒在躲您。只是……我在別邸和軍營生活太久，和家人關係比較疏遠罷了。」

「對不起，我應該早點道歉，和你把這件事說開才對。」

「不會……」

事情都過去了，沃爾弗沒什麼好說的。

小鳥輕快地鳴叫，響亮到有些刺耳。他聽著鳥鳴，等待哥哥下一句話。

「那天你挺身戰鬥時，我嚇得動彈不得……沒能推開想要保護我，而緊緊抱著我的母親……當我走出馬車時，眼前一片鮮紅……我至今還會夢到，倒在地上的凡妮莎夫人和騎士們……」

古伊德奮力擠出話語，沃爾弗語塞地望著他。

在桌上交握的那雙手微微顫抖，指甲陷進手背裡，掐出紅印。

沃爾弗從惡夢中醒來時也會做一樣的動作。

「抱歉，我真是個軟弱的哥哥……」

「不，我也會作類似的夢……」

話語脫口而出。

古伊德頓時抬頭，望著沃爾弗。

兩人各自懷著困惑、驚訝和理解，同時苦澀地點頭。

「……不知道怎樣才能不作惡夢。」

「沃爾弗雷德，結婚是個好辦法。雖然還是會作惡夢，但不那麼頻繁。」

「這方法很難實現，但我會記得的。」

沃爾弗露出苦笑，古伊德也回以笑容。

「我從沒為你做過哥哥該做的事。如果你願意，我想補償你。無論是商會或王城的事都行，有事儘管跟我說。」

「謝謝。我對商一竅不通，有事會再找您商量……對了，若不麻煩的話，我想請您幫我找一樣魔導具素材。」

「當然沒問題，我盡量去找。是什麼素材？」

「『妖精結晶』。」

「『妖精結晶』……這素材很稀有呢。我知道了，找到之後就寄給你。」

「謝謝您。」

在哥哥的善意下，沃爾弗稍微鼓起勇氣拜託對方。妲莉亞說妖精結晶很難取得。若透過斯卡法洛特家的關係，說不定很快就能找到。

「你之後也和父親聊一聊吧？」

「有機會的話……」

父親今天也避不見面，不知哥哥是發現了這點，還是想主動當他們之間的橋梁。古伊德見沃爾弗有些猶豫，接著說道：

「抱歉，凡妮莎夫人的墓地我一年只會去幾次，但就我所知，父親每個月都會去。」

「是嗎……」

父親似乎比他想的更愛母親。他只要知道這點就夠了。

即使父親所愛的對象不包含他也無所謂。他已經是大人了。

「沃爾弗雷德，希望你不會再夢到那天的事。」

臨別之際，哥哥這麼說完後露出微笑。

沃爾弗目送他離去，才想起自己最近都沒作那個惡夢。

他搜索記憶，想知道是從什麼時候開始的，忽然笑了出來。

自從和妲莉亞相遇那天起，他再也沒作過惡夢了。

天狼手環

昨天傍晚，沃爾弗派使者送信來給妲莉亞。

他委婉而冗長地針對在公會和伊凡諾聊的話題向她道歉。第二張信紙上則寫道：「若不會造成妳的不快，我明天中午過後想去找妳。」

使者要求答覆，她因而請使者轉達答應之意。

今天，沃爾弗不久後就要來了，妲莉亞認真思考自己該不該見他，見了又要怎麼解釋。

她緊張地走到鏡子前面。

右臉頰至眼睛旁邊有一道紅色擦傷，右後腦杓有個腫包，摸了有點痛。

早上脖子和肩膀都在痛。若脫下衣服，右肩可能也有一片瘀青。

幸好她戴著獨角獸墜飾，痛感沒那麼強烈。

這點傷勢不至於需要喝回復藥水，她決定先用溼毛巾冰敷。

昨晚睡前，她從房間裡找出天狼牙。

她測試了一下那塊小碎片是否還能用及注入魔力，結果魔力並未被彈開。

她決定趁此機會將其當作素材，為手環進行魔法賦予，便坐上床以防賦予時昏倒。

為防萬一，還準備了嘔吐用的桶子。

這次她再度體會到，天狼牙吸收魔力的能力有多驚人。

也藉由親身體驗，深切理解用其進行魔法賦予會有什麼驚人後果。

剛開始用天狼牙為手環進行賦予時，魔力正常地灌了進去。

當她覺得越來越順利時，那股魔力被不斷吸走的「吞噬」感又出現了。她雖然已做好心理準備，但還是很不舒服。

之後她一直感受到雲霄飛車下墜時那種內臟往上衝的感覺。不過她還有餘裕心想「沒吃晚餐真是太好了」。

天狼牙最後碎裂消失，做出了一只具有「風魔法效果」的手環。她為自己的成功開心，直接戴上手環，欣賞美麗的銀白光輝。

然而她太大意了。

在測定魔力、確認操作方式前，她不小心讓少量魔力流入手環，害她整個人被彈飛，撞到牆壁。

妲莉亞在撞擊下失去意識，醒來時已是隔天接近中午。

她連忙跑到浴室梳洗，碰到熱水痛得叫了出來。她看了看鏡中的自己，臉上滿是傷痕，令她目瞪口呆。

她床邊的石牆上有一幅紅花圖樣的壁毯。幸好她撞到的是壁毯，所以只有擦傷，要是撞到石牆一定傷得更重。

而用天狼牙做成的手環，其「風魔法效果」是她做過的魔導具中最強大的。

工作間的桌子上鋪著魔封銀賦予的布，手環躺在布上，散發銀白光輝。

這是她用耐久度高，手邊能找到最硬的素材所做的男性飾品。

魔法賦予成功了，其中的魔力也很充足。然而只要有少許魔力流入，主人就會被彈飛。

這種手環到底有誰想用？又能用在什麼地方？

「只能放進魔封盒裡，封印起來了……」

她正感到沮喪時，門鈴響了。

沃爾弗這個人很容易操心。與其瞞著他，不如見了面老實對他說。

她下定決心，前去應門。

「前天很抱歉，我的話語讓妳感到不快。」

「不會，我不介意。」

沃爾弗一開口就道歉，讓妲莉亞瞬間愣住。她早已將「胸派或腰派」的話題拋諸腦後。

「我帶了母親的教本和筆記過來，想給妳看。」

「嗯，先進來吧。」

她想等沃爾弗進到室內再說明，便邀他進綠塔。

「妲莉亞，妳的腳受傷了嗎？怎麼拖著右腳走路？」

「咦，腳嗎？」

正要爬上樓梯時，沃爾弗問道。在這之前妲莉亞完全沒發現。

她的右膝確實有點沉重，但不嚴重。她正準備這麼說，一回頭，他卻深深皺起眉頭。

「妳的臉……是誰揍的？」

那低沉而沙啞的聲音和青年平時的聲音完全不同。

沃爾弗當場丟下黑色皮包，靠近妲莉亞。

黃金色眼睛眨也不眨，妲莉亞瞬間被那股懾人的氣勢嚇到。

「不，這是我自己不小心……」

「讓我看看妳的傷。」

妲莉亞放下頭髮，盡量遮住擦傷。沃爾弗用指尖將她的頭髮輕輕撥開，仔細確認傷口。接著輕觸她的後腦杓，她痛得哀號了一聲。

「那、那個！這是我自己造成的傷，並不嚴重。」

「自己造成的？但這看起來並不像摔傷。妳傷在這個位置，頭撞到，肩膀和腳也都有傷。妲莉亞，妳老實說，這是誰做的？」

眼前的沃爾弗相當恐怖。他故作鎮定，但顯然正在生氣。妲莉亞打從心底感到驚慌。

「這真的和別人無關！是我用天狼牙進行賦予時被彈飛的！」

「……原來如此。」

金眸中央的黑色瞳孔一下子放大。

「……在賦予時被彈飛，是怎麼回事？請妳說清楚。」

沃爾弗露出俊美笑容，但這笑容絕對不是真心的。他變得更可怕了。

「呃……我用天狼牙為手環進行賦予……」

妲莉亞一五一十地招了。

她在二樓說明狀況時，沃爾弗並未發怒，只是認真聆聽她的話，偶爾問些問題。

她全部說完後，他深深嘆了一口氣。

「妲莉亞，妳現在有兩種選擇。一是喝下回復藥水，二是立刻跟我去一趟神殿。」

妲莉亞很想問他「這真的叫選擇嗎？」，但見到他認真的眼神還是作罷。

「我沒傷得那麼重。」

「哦？那妳現在能跟我出門嗎？」

「出門……還是不要比較好……」

她臉上的擦傷有點顯眼。

萬一被人誤會是沃爾弗揍的就不好了，她絕對不能出門。

「……好吧，我喝。」

早知道就在沃爾弗來之前喝了——她為此感到後悔，喝下回復藥水。

藥水有股微妙的甜味及淡淡的薄荷味，嚐起來很像沒氣的彈珠汽水。嚥下後有股青草味從喉嚨竄上來，她趕緊喝了口水。

她知道不該批評回復藥水的味道，但真的不太好喝。

「……想到這筆錢可以買多少瓶我常喝的葡萄酒，就覺得好浪費。」

一瓶回復藥水要五枚大銀幣，在妲莉亞眼中將近五萬日圓。

這筆錢若用來買她平常喝的葡萄酒，能買好幾十瓶。沒想到一不小心就花了這麼多錢。

「我知道了，我下次帶回復藥水來給妳。」

「別這樣，這純粹是我的失誤。」

沃爾弗的態度仍有些不悅，妲莉亞老實地低頭道歉。

「沃爾弗，那個，抱歉讓你擔心了。」

「不，是我太操心了。抱歉剛剛沒經過妳同意就碰妳……」

「不會，我知道你是在關心我……」

兩人別開視線向對方道歉，氣氛相當尷尬。

她想換個話題，便指向剛做好的手環。

「那就是我做的天狼牙手環。」

「顏色真漂亮。」

「對，可是一旦讓魔力流入，人就會被彈飛……」

「我可以摸摸看嗎？我的魔力只能用在身體強化，不會流出體外，所以應該沒問題。」

「那你先別戴，用手指碰碰看。」

「好……嗯，果然沒事。」

沃爾弗用手指輕觸後，輕鬆拿起手環。

「我就算想輸出魔力也沒辦法，我的魔力本來就無法流出體外。」

「那麼，你要使用需要魔力的魔導具時，得先做紅血設定是嗎？」

「對，但這樣魔導具就只有我能用，有點不便。」

在這個世界，還是有一些人的魔力無法輸出至體外，或者魔力較少。

像魔導燈、小型魔導爐這種有開關的魔導具，任誰都能使用。

然而像護身用的手環，或具有攻擊魔法的武器，則必須依靠主人的魔力才能啟動。

毫無外部魔力或魔力較少的人在使用這類魔導具時，大多會進行紅血設定。

紅血設定正如字面所述，需要採集一兩滴血，讓魔導具登錄主人。雖然有一些例外，但直接穿戴在身上的魔導具都可以用這種方式啟動。

唯一的缺點是那項魔導具只有登錄的人能用，無法回收、轉讓或共用，不太方便。

「這手環如果做了紅血設定，我戴了是不是也會彈起來？」

「不，紅血設定只能當作開關，啟動手環……不過若能將它做成輔助魔導具，或許就有彈跳功能。」

「我無法注入魔力進去，理論上應該不太會被彈飛……」

「理論上是這樣，但依然很危險。就算能拿它來當輔助魔導具，效果還是太強。」

「應該可以用身體強化抑制手環的效果吧？比方說只讓它往上彈。」

「往上彈……」

「對，往上彈跳再回到地面。降落時也用身體強化就沒問題了。畢竟我之前和飛龍一起墜落都沒事。」

「那是因為有樹木緩衝吧？」

「我至少可以確定，自己從這座塔的頂端跳落也不會受傷。」

這麼聽來，身體強化好像比一般的魔法更厲害——妲莉亞認真地如此心想。

沃爾弗的魔力不會流至體外，所以可以經由紅血設定將這只手環做成他專屬的輔助魔導具，「讓他跳得更高」。

天狼牙並非常見的素材，這樣的實驗必將成為寶貴的案例。

不對，等一下，她這是想將沃爾弗當成實驗對象嗎？

「我不能讓你做這麼危險的實驗。」

「但妳不也想知道它的效果嗎？妳手邊還有天狼牙吧？」

「有是有……」

「這實驗在妳眼中可能很危險，但我其實不靠輔具就能跳這麼高了。」

沃爾弗說著便微彎膝蓋，輕輕一躍。接著毫不費力地用手肘碰到天花板，再落回地面。

這就是身體強化所能達到的驚人跳躍。

他的運動神經這麼厲害，就算不小心往左右彈出去，只要在沒有障礙物的地方，應該就不會有事。

「我有身體強化，稍微跳一下不會受傷。所以能幫我做紅血設定嗎？當然，我會付手環的錢。」

「不，錢就不用了。不好意思，那就麻煩你測試天狼手環的操作方式和力道。」

妲莉亞請沃爾弗用針刺左手手指，她拿著玻璃匙接了兩滴血。

接著將血滴在手環上，用右手指尖注入魔力，讓血散開。

血液擴散開來，像溶進手環似的消失了。

「這樣手環就是你的了……」

銀白手環開始散發金色光輝，配色相當奇妙，會隨光線而改變。

「我可以戴戴看嗎？」

「在這裡戴有點危險，還是去院子吧。可以去綠塔後方，這樣比較不容易被人看見。」

一來到院子，沃爾弗便將手環戴在左手上。

他就像戴普通的飾品一樣輕鬆，也沒有突然被彈飛。

「妲莉亞，妳退後點，以防萬一。」

沃爾弗收起下巴，微彎膝蓋。

天狼手環感知到主人的意志和其體內的魔力變化，給出回應。

「咦？」

沃爾弗一下子跳到綠塔三樓的高度，輕鬆到令妲莉亞錯愕。

方向雖然斜了點，但他毫不費力翩翩落地。

「……哇，我有點嚇到。」

「呃，你剛剛有用身體強化嗎？」

「有用，但跳起來更輕鬆了，有股被推上去的感覺……我想再跳一次。」

這是妲莉亞第一次目送一個人彈往空中。

重力彷彿未在沃爾弗身上發揮作用，他停留數秒後才回到地面，並掩住了嘴。

「沃爾弗，不舒服的話就別再跳了！」

「不會……超好玩的……！」

沃爾弗再度跳起，輕鬆超過綠塔四樓高度，最終跳到和屋頂等高。

妲莉亞不知道這之中多大程度是身體強化，多大程度是手環的效果，但這怎麼看都不是人類該有的跳躍能力。

魔物圖鑑上寫著天狼「會在空中奔馳」，看來這個特性和他十分契合。

「沃爾弗，我知道你很開心，但別再跳了！被人看到就糟了。」

青年露出燦爛無比的笑容不斷跳躍，直到妲莉亞認真阻止才停止。

他們又過了一陣子才回到塔內。

「妲莉亞，妳可以正式將這只手環賣給我嗎？」

沃爾弗還沒完全冷靜下來，那模樣讓妲莉亞想起前世養的狗，莫名懷念起第一次和牠玩飛盤那天的事，一定是她想多了。

「那麼，這只手環就當作商會保證人的謝禮如何？當然我還是會為你保留製作魔劍的時間。」

「這樣是妳吃虧吧？」

「好吧……不然採折中做法，你給我兩瓶回復藥水吧？」

「謝謝，我下次帶給妳。」

沃爾弗瞇起眼睛微笑，用手指輕撫手環。

這只美麗的銀白手環某些角度會變成金色，非常適合他。

「不過，想要再做同樣的手環有點困難。我有另一塊碎片比賦予在這只手環上的碎片還大，憑我的魔力量沒辦法賦予。而我也不知道哪裡買得到天狼牙……」

「這只手環很棒，但騎士團裡能操作手環的人應該不多。畢竟，完全沒有外部魔力的人在部隊裡非常少見。」

這彷彿是為沃爾弗而設計的手環。

手環已做過紅血設定，沃爾弗以外的人無法操縱它。即使別人不小心碰到並注入魔力，也不會突然被彈飛。就這點而言，這只手環令人安心不少。

「戴著這個參與討伐應該會很方便。現在雖然只能往正上方跳，但習慣之後說不定能改變跳躍方向。」

「會不會反而很危險？」

「不會，戴著手環應該更好逃。還能和會用風魔法的隊友合作。」

「會用風魔法的騎士該不會能飛在空中吧？」

「不會飛，但以跳躍能力來說，和剛才的我差不多，或者更厲害。」

看來魔物討伐部隊的隊員們可以直接演出前世的好萊塢電影，不需要動畫後製。

「我很想拿出去獻寶，但是不是別說出去比較好？」

「還是別說出去吧。如果人家要我再做一個，我也很難辦到。如果有值得信賴，而且魔力強大的魔導具師或魔導師，我倒是可以告訴對方賦予的步驟，請對方做。」

聽到「魔力強大的魔導師」，沃爾弗腦中浮現昨天才見的哥哥，古伊德。

他擅長水系魔法，魔力量和父親相近，是魔導部隊的上級魔導師。

「我有認識的魔導師，但可能要花點時間跟對方溝通……」

沃爾弗還無法輕易拜託哥哥。

下次有機會可以試著和哥哥商量，但他內心還是很猶豫。

「啊，說到『魔力強大』我突然想到，獨角獸的角好像有『阻斷魔力』的效果，或許可以用在人工魔劍上。」

「妳試過了嗎？」

「我製作這個獨角獸墜飾時有試了，無法完成魔力賦予。不知道是我的魔力不夠，還是它有『阻斷魔力』的效果。所以我打算拆解短劍，測試獨角獸的角能否當作賦予素材。」

沃爾弗興奮到眼睛發亮，而後卻突然垂下目光。

「獨角獸的角……應該很稀有吧？」

「應該是，連冒險者公會都說牠們的毛皮很難取得。」

「要是能誘捕到牠們就好了。」

「不，這點我和你都很難辦到。」

「……也對。」

沃爾弗的工作是打倒魔物，獨角獸一遇到他就會逃跑。

至於妲莉亞，別說打倒魔物，她被魔物打倒的機率更高。

青年似乎開始思考怎樣才能取得獨角獸，妲莉亞開啟了另一個話題。

「還好我是將天狼牙賦予在手環上。若賦予在短劍上，我可能會被刺在牆上。」

「……妳沒被短劍刺在牆上，真是太好了。」

妲莉亞只是想換個話題，不料卻是自掘墳墓。那雙金眸再度露出嚇人的光芒。

「妳若要用新素材進行賦予實驗，還是挑我在的時候，或請個助手在旁邊吧。妳一個人住，要是受傷或昏倒就糟了。」

「我會小心的……對了，仔細想想，我家大門現在只有一位朋友能開。」

妲莉亞盯著控制台沉思。父親已過世，托比亞斯也從登錄中除名。

如今她若出了什麼事，只有伊爾瑪能開啟綠塔的大門。

「我若在塔內出事，沒人能打開大門就糟了……我還是請幾個人進行魔法登錄好了，畢竟世事難料。」

父親在商業公會猝逝，她難保不會發生這種事。

「方便的話，可以讓我登錄嗎？雖然希望不會再發生今天這種狀況，但若妳出了什麼事無法出門，我至少能在塔底下叫妳，而不會被擋在大門外。」

「謝謝你為我擔心。為防萬一，那就麻煩你了。」

他們走向工作間裡側的牆壁，那裡有個三十公分見方的黑色控制台。乍看只是一塊黑色的石板。

「不是直接在大門上進行魔法登錄？」

「對，是登錄在這個控制台上。」

妲莉亞用指尖灌注魔力，啟動控制台。黑色表面變成了淺灰色。

「請你將手貼在正中央。」

「我的魔力無法流出體外，沒問題嗎？」

「沒問題。我朋友幾乎沒有魔力也登錄成功了。」

沃爾弗將左手掌貼在控制台上，表面閃了兩次白光。

妲莉亞檢查完表面浮現的手印後，用指尖的魔力在面板右下角寫上沃爾弗的名字。

「這樣就可以了，我們去門口試試吧。」

兩人走到綠塔前的小徑，銅色大門緩緩關上。

在妲莉亞注視下，青年用手輕觸大門，大門正常地敞開。

「滿好玩的。我可以再開關一次嗎？」

「可以啊，我朋友登錄那天開關了三十次呢。」

光用摸的就能開門，讓他覺得很有趣。

「在認識妳前，我一直以為這裡是魔法師的家。現在看來，這的確是座魔法之塔呢。」

「要是樓梯也能改成自動的就好了。」

她每天工作、做家事時都必須爬上爬下。

在塔裡生活其實還滿耗體力的。

「拜託你這種事很不好意思……但如果你在塔底下叫我，我都沒有回應，或是你擔心我出事時，請叫衛兵過來。」

「希望絕對不要發生這種事。」

「是，我會注意安全的。可是人有旦夕禍福。」

「人有旦夕禍福……也對，總有無法預料的事……」

沃爾弗說著便撿起一直放在地上的黑色皮包。

儘管午茶時間已過，他們還是回到二樓喝點冰茶，稍作休息。

「等妳好一點，我們再去買東酒的杯子吧。」

「好。我明天要去公會填寫文件，和伊凡諾先生商量今後的計畫……」

「我明天也要參加部隊的聯合訓練，希望近期不會有遠征。我擅自推薦他進入商會會造成妳的困擾嗎？」

「我由衷感激。不過這樣一來，他就得離開公會，我很過意不去。」

「別想太多，這是他自己的決定。比起當公會員，他更想經商吧。」

沃爾弗親自和伊凡諾談過，還知道他稱妲莉亞為「黃金女神」，但沃爾弗不想將這件事告訴她本人。

「對了，這是我母親的教本和筆記，妳看一下吧。」

「不好意思，那我就跟你借來看了。」

沃爾弗從黑色皮包中拿出教本和夾在其中的筆記。

那本書不大，但加上筆記之後還滿厚的。

「我母親的字有點潦草，如果妳有看不懂的地方再跟我說。之前說過最好別說出口的手套等句子是這幾頁。」

「內容很多呢……」

妲莉亞打開夾著書籤的那一頁，嘆息似的說道。

一整面密密麻麻都是字。究竟有多少句呢？

「『請為我摘下手套』、『請將外套交給我保管』……『我跳舞跳累了，沒辦法動』、『要不要一起去西邊的窗戶看星星』……『睡前來杯白蘭地如何？』……完全看不出意思……」

「請為我摘下手套」。這是要丟手套決鬥嗎？

「請將外套交給我保管」。有什麼好保管的？難道要送乾洗嗎？

「我跳舞跳累了，沒辦法動」。那就趕快回家啊。

「要不要一起去西邊的窗戶看星星」。這句聽起來就只是要看星星而已。為何是西邊？

「睡前來杯白蘭地如何？」。睡前喝白蘭地。這句仔細一想還判斷得出所以然，但突然聽到一定反應不過來。

妲莉亞胡思亂想了一會兒，發現沃爾弗異常安靜。

坐在她對面的青年閉著眼睛，雙手交握抵在額前，手肘撐在桌上，一動也不動。

「沃爾弗，你怎麼了？」

「……不好意思，請妳不要唸出來……」

「我很抱歉……」

她沒想太多就唸出聲，但這些話聽在沃爾弗耳中想必很不檢點，他連眼神都不敢和她對上。

妲莉亞羞赧到想趕緊逃離現場。

她拚命思考如何辯解時，門鈴正好響了。

「好像有客人，我出去一下！」

妲莉亞衝出門後，沃爾弗仍閉著眼睛，緩緩垂下頭。
她剛才唸出的那些話，甚至更直接的邀約，沃爾弗至今不知聽過多少遍。
然而他從未像今天這樣不知如何應對，不知該擺出何種表情。
不，他當然知道妲莉亞只是在唸句子，沒有多想；而他自己也沒用那種眼光看待她。
沃爾弗像妲莉亞之前那樣，趴倒在桌上。

「午安，妲莉亞。這是之前那頓飯的謝禮。」
馬切拉站在大門前，手裡拿著裝有六瓶紅酒的箱子及一個木桶。
「謝謝你，馬切拉。不好意思讓你費心了。」
「不會，那天我和伊爾瑪吃喝了不少。這是伊爾瑪送妳的，吐過沙了，可以直接吃。」
馬切拉給她看了看木桶，裡頭裝著水，底部滿滿都是貝類。
「是蛤蜊，看起來好好吃！」

「現在剛好是蛤蜊產季。有點重，我幫妳把桶子和酒搬到二樓吧？」

「呃，我家有客人。」

沃爾弗在二樓。如果貿然讓他和馬切拉相見，雙方都會很尷尬。

「有客人啊？抱歉打擾了。那我放在工作間門口可以嗎？」

「謝謝，麻煩你了。」

男人扛起紅酒箱和木桶，放在工作間一進門的地方，笑著說：

「別因為有蛤蜊就喝太多酒喔。下次見。」

「嗯，下次見。」

他們小聊幾句後，馬切拉便快步走向馬車。

蛤蜊泡在木桶的清水中，稍微伸出斧足。

這裡的蛤蜊比前世大一些，殼的顏色更鮮豔，有著雲母般的光澤。從殼裡伸出的斧足的顏色看起來也很健康。

妲莉亞非常愛吃蛤蜊，現在正是王都盛產蛤蜊的時候。

她決定等一下再搬紅酒，先提起木桶笑著走上二樓。

「……剛剛的客人是妳朋友嗎？」

沃爾弗似乎從窗戶聽到了他們在樓下的對話。

妲莉亞小心地將木桶放在桌旁，回答他的問題。

「對，他是我朋友的丈夫，也是我朋友。他叫馬切拉，在運送公會工作，也自願當我商會的保證人。」

「這樣啊。」

「對了，他們夫妻想邀你一起喝酒……你願意和他們一起喝嗎？」

「我很想答應，可是……那位太太是怎樣的人？」

「不好意思，我忘了你最害怕的事。」

「抱歉……」

妲莉亞差點忘記，沃爾弗很怕自己無意間吸引到女性，他會擔心這點也很正常。

「伊爾瑪不會喜歡上你的。你擔心的話，就戴著眼鏡見她吧。」

「她和妳一樣是不在意長相的那種人嗎？」

「不，伊爾瑪只愛馬切拉一個人……這有點難說明。」

那對夫妻就像鴛鴦一樣，妲莉亞認為沒有人能影響他們的感情。

即使見到沃爾弗這樣的美青年，伊爾瑪也不會變心，馬切拉也是如此。

「那下次有空一起喝酒吧。」

「太好了。啊，這是我剛收到的蛤蜊，你喜歡蛤蜊嗎？」

「嗯，喜歡。」

兩人探頭望向蛤蜊桶。量雖然有點多，但兩個人吃應該剛剛好。

「這是當季的蛤蜊，一起吃吧？」

「謝謝。每次都吃妳的，真不好意思。這是伴手禮，但這種酒和蛤蜊可能不太搭。」

沃爾弗從包包裡拿出一瓶琥珀色液體。那只玻璃瓶沒有加工過，瓶身上也沒有標籤。美麗的琥珀在樸素的小玻璃瓶中搖晃著。

「那是威士忌嗎？」

「應該是有年份的蘋果白蘭地。公爵家的艾特雅夫人送我的，要我和朋友一起喝。」

這瓶白蘭地的色澤很棒。搭配料理有點可惜，還是單喝比較好。

「我覺得和蛤蜊料理好像不太搭……餐後再喝吧？」

「好，那先放這裡喔。」

沃爾弗將酒瓶放在沙發前的桌子上，接著望向妲莉亞。

「有什麼我可以幫忙的嗎？」

「我想請你布置餐桌，然後拿一下白酒杯。」

「妳不喝紅酒嗎？」

「蛤蜊和白酒比較搭。」

他們一同走進廚房，妲莉亞開始準備做菜，沃爾弗則拿出酒杯。

「今天吃白酒蒸蛤蜊配大蒜麵包，可以嗎？」

「太棒了，我都很喜歡。」

她稍微清洗蛤蜊，並將橄欖油和蒜末倒入淺鍋中加熱。

一旁的沃爾弗按照她的指示，將長棍麵包切片後，細心地塗上大蒜奶油醬。

「你常吃白酒蒸蛤蜊嗎？」

「我在貴族餐廳和酒館都很常點。」

「蛤蜊都是裝在盤子裡吧？就算是酒館，也不會連鍋子一起端上桌吧？」

「對，有些店甚至會幫忙去殼。」

聽了沃爾弗說明，妲莉亞有些猶豫，但還是決定向他推薦不同的吃法。

「對於白酒蒸蛤蜊，我父親偏好的吃法是不要蒸太久，趁熱直接吃……所以我們家會把鍋子放在桌上，撈進各自的盤子裡吃。今天也這樣吃，你可以接受嗎？」

「可以，就採羅塞堤流吧。」

妲莉亞聽見「羅塞堤流」這個詞後笑了出來，將蛤蜊丟進淺鍋裡。鍋子發出滋滋聲後，她再倒入白酒，蓋上鍋蓋。

她同時也將大蒜麵包放在旁邊的烤網上，隨時注意。麵包烤到微焦，散發奶油和大蒜的香氣。

「沃爾弗，把這個端到桌上，先開白酒。蛤蜊好了我就端過去。」

「好，我準備一下。」

青年拿起白酒和烤好的大蒜麵包，興高采烈地離去。

隔了一會兒，妲莉亞也將開口的蛤蜊連同淺鍋一起端到桌上。

「快來乾杯吧。」

「希望羅塞堤商會蒸蒸日上，常保幸運，乾杯。」

「希望我內心常保平靜，乾杯……」

妲莉亞由衷祈禱完，兩人相視苦笑，喀噹碰了下酒杯。

她沒想到自己這麼渴，冰過的白酒滋潤了喉嚨。

「請將蛤蜊盛到盤子上吃。想吃黏在殼上的肉或貝柱可以用小刀刮下來。呃，用手吃也沒關係……不好意思，真的很粗魯。總之趁熱開動吧。」

她打開淺鍋的蓋子，蛤蜊的香味隨蒸氣冒出，其中還混合著橄欖油和大蒜的香氣，令人食指大動。

「用麵包沾蛤蜊的湯汁也很好吃。胡椒可以按喜好添加，不加也行。」

「那我就不客氣了。」

兩人將熱騰騰的蛤蜊盛到盤子上，用叉子叉起蛤蜊肉。

她將蛤蜊肉放入口中，差點燙到舌頭，鮮甜而濃郁的湯汁隨即噴出。裡頭毫無沙粒，讓人得以細細品嚐蛤蜊肉的彈性和鹹味。

她緊接著喝了口冰過的白酒，蛤蜊的鹹味立刻消散，舌頭也變得冰冰的。

喝完酒再吃口熱蛤蜊，快樂的連鎖效應於焉展開。

當連鎖效應終於趨緩時，她吃起大蒜麵包，享受不同的口感。因為用的是當季的蛤蜊，麵包即使吸了盤裡的湯汁也完全沒腥味，只能用好吃來形容。

白酒和大蒜麵包也很搭，她的杯子因此空得很快。

對面的沃爾弗咀嚼次數又變多了，但妲莉亞決定不打擾他。

兩人不發一語地享用美食，直到將蛤蜊吃光。

「這是哪裡的蛤蜊？還是說種類不太一樣？這是我至今吃過最好吃的。」

青年吃飽後盯著貝殼山，好奇地歪著頭問。

「應該是一般店裡賣的蛤蜊吧，不過比較新鮮。」

「去殼或放涼一點再吃是不是就不會這麼好吃了？要吃的時候再掀開鍋蓋這點也很重要。蛤蜊還是直接從鍋子裡拿出來吃才好吃吧……？」

聽見沃爾弗開始深思蛤蜊的吃法，妲莉亞不禁笑了出來。

「沃爾弗，還是要看場合喔。從鍋子裡直接拿出來吃太不禮貌了。」

「所以這可以說是『綠塔限定的白酒蒸蛤蜊』嘍？」

「……下次也可以做做看『綠塔限定的東酒蒸蛤蜊』。」

「咦？東酒可以蒸蛤蜊嗎？」

「可以，那樣也很好吃，而且酒蒸料理和東酒很搭。」

「我下次就買蛤蜊和東酒過來好嗎？」

沃爾弗的表情變得無比認真。

妲莉亞很高興他滿意自己做的菜，但他怎麼突然對這道菜這麼執著？

「蛤蜊吐沙需要時間。你來的前幾天，我若看到新鮮的蛤蜊就先買回來放著。」

「好，那我下次來的時候，會買店裡最好的東酒。」

「不用買最好的，這樣太可惜了。酒蒸料理用一般的酒就行了。」

「無論白酒蒸蛤蜊或東酒蒸蛤蜊，用好一點的酒應該會更好吃吧？」

「應該不會……」

眼見青年可能會為了吃酒蒸蛤蜊而買太過昂貴的酒，妲莉亞只好費盡唇舌向他說明。

用完餐後喝酒已逐漸成為他們的習慣。

兩人坐上沙發，妲莉亞將起司、蘇打餅和果乾擺上矮桌，請對方打開那瓶蘋果白蘭地。

他們將酒倒進小酒杯裡，進行今天第二次乾杯。妲莉亞拚命思考乾杯詞。

「呃，祝福送我們白蘭地的艾特雅夫人身體健康，祈求明日的幸運，乾杯。」

「祈求明日的幸運，乾杯。」

妲莉亞原以為白蘭地會很烈，做好心理準備喝了一口，卻意外甘甜。

她沒聞過蘋果花，但感受到一股玫瑰般又甜又濃的香氣竄上鼻腔，接著是水果酒般的味道在口中擴散。雖然有白蘭地那種燒灼喉嚨的感覺，但並不強烈。好喝到她暫時不想喝水清除口中的氣味。

「味道和香氣都很棒……」

「聽說這是加斯托尼公爵家的領地種的蘋果，王妃也很喜歡。」

妲莉亞還沉浸在蘋果白蘭地帶來的感動中，忽然聽見這高不可攀的名字。

「王妃殿下嗎？」

「對，公爵家每年都會送酒給王妃。王妃是艾特雅夫人已故丈夫的妹妹，不過他們兄妹並沒有血緣關係。」

「這種事讓我知道好嗎？」

「沒事，這是眾所周知的事。王妃娘家和王家地位不相當，所以王妃先成為了加斯托尼公爵家的養女，再嫁進王家。很多貴族會為了結婚時能門當戶對而成為別人家的養子女。」

妲莉亞每次聽到這種貴族話題都覺得這是「未知的世界」。

沃爾弗說得輕鬆，但這瓶酒來頭實在不小。

這種酒她一生不曉得能喝幾次，必須小口品嚐才行。

她喝了一小口酒，吃起棗子乾，忽然察覺到一股視線。
妲莉亞抬起頭，只見沃爾弗抖著肩膀，努力憋笑。
「怎麼了？」
「妳的吃法好像松鼠，好好笑……」
「什麼松鼠……我只是想好好品嚐而已！」
「妳喜歡的話，我下次買給妳。」
「沒關係，我心領了。這種酒對我來說太高級了，沒辦法經常輕鬆開來喝。」
偶爾喝點高級酒還不錯，但無法隨意購買的酒終究不適合她。
一直收別人送的酒也很不禮貌。
「……真的好香。」
沃爾弗那雙金眸盯著酒杯中的琥珀色液體，兩種顏色的對比美如畫。
完全看不出這個人剛才還在拚命和蛤蜊殼搏鬥。
「……好像該買一套白蘭地的酒杯了？」
「我也在想，要不要買個專門放酒和酒杯的櫃子……」
愛酒的人一旦講究起來，很容易開始將錢花在酒的周邊商品上。

妲莉亞默默心想，自己白天必須更認真工作才行。

「接下來要變忙了。」

「不好意思，我送你五趾襪時只是希望能幫到你，沒想太多……」

「妳不必道歉。我也只是覺得好用才會分享給朋友和隊長……沒想到會演變成這樣。」

他們聊著這場騷動的開端，逐漸喝光杯中的酒。甘甜的酒香令人不知不覺變得多話。

「我覺得妳可以大方地以自己的魔導具師身分為傲。能提供這麼多人需要的東西是一件很了不起的事。」

「謝謝你這麼說，但我老是給身邊的人添麻煩，很不好意思……話說，部隊裡受鞋子溼熱所苦的人真的這麼多嗎？」

「不只部隊，可能整個騎士團都滿多的。我們參與訓練或守衛時，腳一定會流汗，皮鞋又很悶。然而值勤中又不能穿涼鞋或布鞋。還好有妳做的鞋墊，光是墊了那個就差很多。」

沒錯，騎士團若穿涼鞋，不只戰鬥力會下降，看起來也不成體統。而且魔物討伐部隊還要在戶外戰鬥，當然要穿能防水的牢固靴子。

「你們會清洗靴子和皮鞋，或施予淨化魔法嗎？」

「皮革碰水會受損，所以我們很少清洗。我也沒聽過有人對鞋子施予淨化魔法。只有從沼澤地遠征回來會洗鞋子，但鞋子很難乾。如果連日下雨，我們會請會風魔法的魔導師幫忙風乾，不過趾尖的地方很難乾，而且容易發臭。」

他們穿的鞋子既不常洗，透氣性又差，穿起來當然很悶，也很容易長黴，得足癬的機率當然會增加。鞋子乾得慢也會使皮革壞得更快。

「你們有用吹風機吹過靴子嗎？」

「吹風機的風對皮革來說太燙。我試著吹過，結果皮革表面被我燙壞了。要是溫度能降低一些就好了。」

「將吹風機稍微改造就能降低溫度了。我去工作間試一下。」

「嗯，我跟妳一起去，看妳工作很有趣。」

他們喝光自己杯中的酒，前往一樓的工作間。

「烘鞋子大概需要幾度呢？」

妲莉亞從櫃子裡拿出一盒備用的吹風機。

「若是手能觸碰的溫風，皮革就不會被燙壞了。」

「所以和吹風機相比，溫度要低一些，但風量要大一些對吧？」

「要是還能吹出冷風就好了，有時需要把鞋子裡的臭味吹散。」

妲莉亞聽取沃爾弗的建議，調整火魔石迴路，改變吹風機的溫度，將上限溫度降低。至於風魔石的風量設定，她則增設了強風的選項。

三段式溫度中，有冷風、不冷不熱的溫風，以及溫度稍高的溫風。

為防火災，她將溫度設定在長時間使用也不會危險的範圍。如果溫度高於這個範圍，吹風機自動停止會比較好。

她以安全為優先考量，用食指灌注魔力，在新的水晶板上畫出魔石迴路。

她告訴沃爾弗，溫度稍高的溫風可以用來烘乾拖鞋和布鞋。不過她之所以這樣設定，是因為吹風機本來就是三段式的，她想直接拿原有的零件來用。

她僅調整了吹風機的溫度和風量設定，因此即使採納沃爾弗的建議，也只花十五分鐘就做完了。

「這個溫度剛剛好。不過可以讓它將風吹進靴子前端嗎？」

「我試著在出風口加裝熱水器的蛇腹管，再在管子上多戳幾個洞，這樣應該就行了。」

她邊想邊回應沃爾弗的提議。蛇腹管原本是供熱水器用的，但只要在管子中間和前端多戳幾個洞，風就能從洞中吹出來。這道加工她也只花幾分鐘就完成了。

「這樣管子既能彎曲，又能將風送至鞋頭。鞋頭應該可以被吹乾。」

「總之找雙靴子試一下吧。」

妲莉亞打開玄關的鞋櫃，拿出收在盒子裡的男用黑靴。

她將父親最好的靴子留下來作紀念。他過世後，她為靴子上了兩次鞋油，因此還很亮。

她正想將烘鞋機的管子伸進鞋頭，卻皺起眉頭。

「爸，你搞什麼……！」

怎麼可以把穿過的襪子揉成一團，塞在長靴的鞋頭裡？那雙襪子放了一年以上，簡直像出土的文物。而且兩隻靴子裡都有。

妲莉亞拿出襪子，顫抖著肩膀，青年見到後擔心地問：

「呃，妲莉亞……要不要把這雙襪子留下來作紀念？」

「我要拿去燒掉。」

妲莉亞斬釘截鐵地說。

她毫不猶豫地將兩隻襪子丟進垃圾桶後，將烘鞋機的管子伸進靴子裡。

接著用溫風吹了一會兒，輕觸鞋頭，摸起來還滿暖和的。

「沃爾弗，你覺得如何？」

「這樣剛剛好，而且各種尺寸的鞋子都能用。」

一旁的沃爾弗確認過後也很滿意，開心地摸著烘鞋機的管子。

「你要不要帶回軍營用用看？用完再告訴我感想。」

「謝謝。但我怎麼覺得，不久前也有類似的狀況和對話……」

「咦？有什麼不妥的地方嗎？」

見到沃爾弗斂起笑容，眉頭深鎖，妲莉亞這麼問他。

「我提出各種需求，妳則輕鬆地加以改良……如果在軍營裡用了這個，會不會重演五趾襪和鞋墊的狀況？」

「不會吧，我只稍微改良了一下吹風機。你們可以請王城的魔導具師照著改良。」

「不，一般的騎士很難向王城魔導具師開口。而且試用五趾襪和鞋墊時，妳我不都沒料到事情會鬧得那麼大嗎？」

「是沒錯……」

「以防萬一，妳還是先寫好規格書，去公會和伊凡諾商量一下吧。」

「好。我個人覺得應該沒什麼……姑且還是和他商量一下好了。」

兩人都沒想到，隔天這件事讓伊凡諾的工作量增加了一倍以上。

「只要有一台烘鞋機，我就能跟隊友輪流用了。」

「呃，洗乾淨的鞋子還沒關係，但若是穿過的鞋子，還是別和有足癬的人共用比較好。你要小心一點，不然連你也會得足癬……」

「咦？足癬會傳染嗎？」

看來沃爾弗不知道足癬會傳染，還以為足癬的主因是腳在鞋子裡悶壞了。

「有可能。你們部隊一般怎麼治療足癬呢？」

「輕症就拜託城內懂治癒魔法的魔導師，重症就去神殿治療。但聽說很容易復發。原來這個會傳染……」

沃爾弗顯得相當震驚，妲莉亞搜索前世的記憶，向他提供建議。

「洗澡時要用肥皂仔細清洗腳掌和腳趾，以防得足癬。萬一得病，則要在洗完澡後將腳完全擦乾，塗上專用藥膏，然後保持乾燥。再來，別跟人共用鞋子。穿皮鞋或靴子時盡量穿五趾襪。待在自己房間時可以換穿拖鞋，讓腳保持通風。啊，還有睡覺時別穿襪子。」

「等一下，讓我做個筆記！我要告訴有足癬的朋友。」

沃爾弗提筆在紙上列出清單，妲莉亞逐項再說一次，還多講了好幾項。

希望他們遵守這些事項，這樣他朋友的足癬才能痊癒，他也才不會被傳染。

「妲莉亞，妳對足癬好有研究。」

「……因為我父親有足癬。」

沃爾弗敬佩地說完，妲莉亞含糊應對。她沒有說謊，但有足癬困擾的是她前世的父親。

抱歉了，今世的卡洛爸爸。

妲莉亞想起他們參加完托比亞斯父親的葬禮後，回家的路上，卡洛曾這麼對她說：

「妲莉亞，我死了之後，如果我的名號能助妳度過難關，就儘管用吧。」

好友過世後喝得爛醉的父親，在雨中傷心地說出這句話。

她當時覺得談論父親的死太不吉利，便忘了這件事。

那個下雨天，父親穿的就是這雙黑靴。

如今她借用了父親的名號，但這樣真的好嗎？

若是為了工作就算了，她竟然說父親有足癬，他肯定始料未及。

下次帶好一點的酒去掃墓好了，希望父親能原諒自己。

妲莉亞將父親的靴子收好，並在心中祈求。

沃爾弗寫下預防足癬的方法，妲莉亞則記錄烘鞋機的改造方式，各自列點確認過後，再次回到二樓。

只可惜沃爾弗說他要等伊凡諾允許後，再將烘鞋機帶回王城。

「妲莉亞，我參加聯合訓練時，可以戴這只手環嗎？我會戴一層手套遮住它。」

天狼手環在青年的左手腕上微微發光。

「可以是可以，但如果你跳得太高，其他人很快就會發現……」

「嗯，我會適可而止的。剛剛很抱歉，我知道妳可能會笑我……但我至今從未用過外部魔力，玩得太開心了。」

她這才知道，沃爾弗剛才為何會像個純真的孩子般跳躍。

天狼手環具有強大的風魔法效果。

沃爾弗雖然戴過解毒或防止貧血的手環，用過防止竊聽的魔導具，但這只手環和那些東西完全不同。而且妲莉亞聽馬切拉說，使用身體強化時幾乎感受不到魔力。

他向來只能用身體強化。乘著風魔法往上跳的感覺肯定和身體強化很不一樣。他就像生來第一次用魔法的孩子，難怪會興奮成那樣。

妲莉亞很想讓他隨心所欲地跳，但若跳超過綠塔高度，附近的人可能會叫衛兵過來。還是讓他在王城的安全場所玩比較好。

不過她依然有點擔心。

「那只手環會不會很難操控？」

「只往上跳的話還好。我大概能控制，而且只要在需要用它時再啟動就好。」

魔力會外流的人就算外流的量只有一點也會無法控制，但沃爾弗似乎完全沒這個問題。

「你們訓練時，有懂治癒魔法的魔導師或神官嗎？」

「嗯，聯合訓練時一定會有好幾位在後方待命。怎麼了？」

「你還不習慣這只手環，要是受傷就不好了……」

「別擔心，骨折之類的小傷很快就能治好。」

「骨折是重傷吧……」

見妲莉亞欲言又止，他微微露出苦笑。

「謝謝妳為我擔心。聽在妳耳裡或許有點恐怖，但骨折對我們而言是家常便飯，習慣就好。即使遠征時被魔物打到斷手斷腳，魔導師和神官還是能讓我們的手腳長回來。」

沃爾弗說得泰然自若，但這個話題豈止「有點」恐怖。

又不是在替換玩偶的零件，別說得那麼輕鬆。

「你們是當場治療，不用去神殿嗎？」

「對，雖然要看施行治癒魔法的人和傷勢的狀況，但遠征時幾乎都是當場治療。」

「短時間內就能長出手和腳嗎？」

「妲莉亞，妳確定要聽嗎？」

「嗯，我想聽。」

沃爾弗坐正之後一臉嚴肅地問，妲莉亞也決定專心聆聽。

「假設今天有人和魔物相撞或被咬而受傷。當他痛到打滾時，會有好幾個騎士壓住他，由魔導師施予治癒魔法。施予魔法後，白骨會從根部往末梢長，接著骨頭上會逐漸布滿白色的肌腱和紅色的肌肉。最後光滑的皮膚覆蓋在最上面，形成新的手腳。手大概要花五分鐘。若傷口不平整，為使復原順利，一旁的人會用劍幫他砍掉一部分，這樣再生得比較快。」

「光聽就好痛！」

沃爾弗快速說明完，妲莉亞渾身不舒服，發出近似慘叫的聲音。

「我想說這個話題對妳來說有點恐怖，所以才問妳確定要聽嗎……」

你絕對沒這麼想，別用爽朗的笑容說那種話。

妲莉亞腦中浮現各種血淋淋的畫面，害怕地搖了搖頭。

從沃爾弗那笑容看來，他無疑知道妲莉亞會有這種反應，因此她有點火大。

「妳有遇過這種有點恐怖的事嗎？除了手被黑史萊姆腐蝕之外。」

「……大概就是曬史萊姆的時候吧。」

妲莉亞拚命思考了一下，但腦中浮現的驚險回憶都和製作魔導具有關。而且史萊姆的出場機率異常地高。

「妳和史萊姆真有緣……」

「我很想說不是，可惜完全無法否認……」

「不能請業者幫忙曬史萊姆嗎？」

「現在市面上已經買得到史萊姆粉末，但我在學院念書時，幾乎找不到那東西。委託別人也很貴，所以我乾脆自己曬。我當時在綠塔的屋頂、窗台、院子，曬滿了藍、紅、綠等各種史萊姆。」

她學生時代為了做防水布，蒐集了一堆史萊姆擺在家裡。

父親和托比亞斯見了啞然失笑，來綠塔玩的伊爾瑪則發出慘叫。

「那景象一定五彩繽紛。咦，史萊姆被曬時不會逃走嗎？史萊姆若沒死透會分裂吧？」

「抓到史萊姆後可以先將牠們的核心戳破，再在破洞處貼上克拉肯膠帶。這樣史萊姆就不會分裂，可以整隻帶回家。帶回家後鋪平放在日照和通風良好的地方就能曬乾。不過如果連日下雨，史萊姆可能會爛掉。」

「這種做法我第一次聽說……」

沃爾弗過去不知殺過多少隻史萊姆，卻從未聽過這種採集方式。

總之，他決定在下次討伐史萊姆時，隨身攜帶克拉肯膠帶。

「曬史萊姆的時候，很容易招來鳥類。」

「咦，鳥會吃史萊姆？」

「對，未融化的史萊姆對鳥類來說是很好的食物，有幾種牠們特別愛吃。綠史萊姆是最受歡迎的。」

「綠史萊姆……對牠們來說是不是像葉菜一樣？」

沃爾弗想像綠史萊姆配在肉排旁邊的樣子，但一點也不覺得好吃。

「對鳥來說應該是很好的綠色養分吧。我有很多綠史萊姆都被鳥啄到沒辦法用。本來打算蓋一層網子在上面，有天卻發現曬在屋頂的黑史萊姆竟然還活著。」

「又是黑史萊姆嗎……」

沃爾弗像聽到宿敵的名字般表情扭曲。妲莉亞見到後露出苦笑。

「對，我發現少了一隻黑史萊姆，牠的核心好像沒受損傷，甚至把來吃牠的鳥吃掉了。我看見腐蝕到剩一半的鳥，嚇得去找父親，我們一起到屋頂上，發現牠不只吃了鳥，還吃了曬在那裡的綠史萊姆……那景象真可怕。」

「黑史萊姆是一級討伐對象呢。結果呢？你們有叫衛兵嗎？」

「我父親用吹風機把牠燒死了。」

沃爾弗將酒杯舉到嘴邊，但聽見這句話後，一口都沒喝就放回桌上。杯底碰到桌面發出堅硬的喀噔聲。

「等一下，黑史萊姆的耐火度很高耶。」

「只要將溫度調到高於牠的耐火度就能將牠燒成粉末喔。」

妲莉亞別開視線，這麼回答。

妲莉亞第一次做吹風機時，不小心做成了火焰噴射器，那確實是她的錯。

然而，打倒黑史萊姆的魔改吹風機卻是父親的傑作。

她出於興趣和好奇，詢問父親：「爸爸，你能做一台吹風機，火力超越我第一次做的那台嗎？」但她從未要求父親「試做」。因此她在這件事上絕對沒有責任。

卡洛來到屋頂，面不改色地將黑史萊姆燒死。

那火焰的威力遠勝前世的火焰噴射器，黑史萊姆還來不及發動攻擊就被燒成粉末，散落在地板上。

順帶一提，妲莉亞將那堆粉末收進魔封盒，想用來當素材。沒想到卻落得手被腐蝕，被送至神殿的下場。就某方面來說，這可能是黑史萊姆的復仇。

「我想問一下，妳說的是我知道的吹風機嗎？還是同名的新型武器？」

「就是吹風機。但輸出功率調到了最高，可以噴出和中級魔導師同等威力的火焰。用來對付體型稍大的黑史萊姆也沒問題，可說是石塔專屬的妙招。」

「那絕對不是吹風機！比起黑史萊姆，那台吹風機更恐怖吧！」

沃爾弗全力吐嘈，令她噗哧一笑，心想「這下子你終於知道，我平常聽你說那些話是什麼感覺了吧？」。

她得意地笑了一下，喝光杯子裡的白蘭地。

後來沃爾弗不斷問她，那台調高輸出功率的吹風機是否安全。

她還被迫說明現在改良中的吹風機也是安全的，搞得兩敗俱傷。

商會員與王城邀請函

「我由衷感謝您事先告訴我這件事……」

妲莉亞一大早就來到商業公會，和伊凡諾在會議室裡開會，對方露出燦笑這麼說道。看來沃爾弗的建議是對的。伊凡諾聽完烘鞋機的說明後高興不已。

「我們趕緊辦理烘鞋機的利益契約登錄吧。在確立量產體系前，請別公布產品資訊。」

「量產體系？我們要賣烘鞋機嗎？」

「當然要賣，一定會賣得很好，我也會盡力推銷。不過得先確定通路和產量再公布資訊，不然會重蹈五趾襪的覆轍。就算沒那麼嚴重，也可能發生類似狀況。」

「這個能賣嗎……」

妲莉亞姑且帶了烘鞋機，但她只覺得這是吹風機的簡易改良品，不認為它稱得上新品。

「不只騎士團、運送公會、冒險者公會需要，雨季時的鞋店倉庫、人多的宅邸、受足癬或腳臭所苦的人也需要。隨便一想就能想到這麼多可能性。」

「伊凡諾先生，你好厲害。」

伊凡諾一口氣舉出這麼多潛在客戶，讓妲莉亞很是驚訝。他害臊地抓了抓芥子色頭髮。

「不，厲害的是妳，不是我……總之先辦理利益契約登錄，之後可以再做改良。對了，妳最近一直在發明新東西呢，這款烘鞋機是什麼時候發明的？」

「昨天。」

「什麼？昨天一整天嗎？」

「不，昨天想到就開始動手，改造吹風機大概花了二十分鐘……啊，可是我有檢查操作方式，溫度上限也設定得比吹風機更安全！」

妲莉亞擔心伊凡諾誤會她做事隨便，連安全檢查都沒做，連忙解釋道。

伊凡諾瞇起深藍雙眼靜靜地微笑，這讓妲莉亞鬆了口氣。

「……妲莉亞小姐，妳如果有其他規劃、試做中或想做的東西，現在能想到的都請告訴我，好讓我有心理準備，不，我想用以擬定今後的銷售策略。」

伊凡諾從胸前口袋拿出茶色的皮革筆記本，握著鉛筆等她說。

銷售策略——她前世也曾聽過這個詞，因而深感眼前的男人是個貨真價實的商人。

「呃……雖然不是魔導具，但我正在和甘道菲工房的費爾莫先生一起改良起泡瓶。再來我想將小型魔導爐改良得更小，並將防水布改良得更輕。然後我正在試做上層是冷凍庫，下層是冷藏庫的二合一冰箱。也想做出更便宜的冰箱和冰庫。還想做雨季和冬天讓衣物保持乾燥的魔導具，還有便於調理的鍋子。啊，也在考慮製作冬用暖爐……我也在試做人工魔劍，但不打算出售，目前只做到微弱的雙重賦予而已。」

妲莉亞原本想隱瞞人工魔劍的事，但伊凡諾替她管理商會，她覺得這麼做對他太失禮。而且之後尋找素材時也可能被他知道。所以她就老實說了。

「……我明白了，妳想做什麼盡量做。只要完成設計圖和規格書，也做好安全檢查就沒問題了。妳每做完一項，我們就登錄一項，能賣的東西我盡量幫妳賣。量產體系和通路都由我處理。妳最後提到的人工魔劍，應該是為沃爾弗先生做的吧？我建議妳最好別說出去。」

「以我的職業做魔劍不妥對吧？」

人工魔劍是武器。武器一般都由鐵匠和魔導師合力製作。

如果真的要拿來用，就必須檢查安全性。

因為有沃爾弗在，妲莉亞毫無先備知識就放手挑戰，結果第一次就做出會讓手腐蝕的「魔王部下的短劍」。別人當然會覺得她這個魔導具師撈過界。

「我不是那個意思。我是擔心妳一不小心，就有可能被壞人或有權勢的人綁走。」

「咦，我嗎？那個雖然叫人工魔劍，但只有微弱的雙重賦予，不像真的魔劍那麼強。」

「現在是這樣，但妳繼續試做下去可就不一定了。只要水準提升到一定程度，就算無法和擅長攻擊魔法的魔導師匹敵，也可能被用來增強貴族或犯罪組織的兵力，說不定還會被賣到魔導師較少的國家。」

「……我沒想過這點。」

妲莉亞在心中發誓絕對不說出去。接著她想起一件事。

戴著天狼手環的沃爾弗是不是正在參加王城的訓練，奔馳在空中呢？

雖然那只手環只有沃爾弗能用，但若類似的東西遭到惡意利用，後果不堪設想。

「那個……我還做了一只天狼手環，具有風魔法效果，能夠當作跳躍用的輔具，只有毫無外部魔力的人才能用。已經做過紅血設定，現在是沃爾弗專屬的手環。」

「若是沃爾弗先生專屬的手環就沒問題。看來你們進展得很順利，真是太好了。是妳先送他手環的嗎？」

「不是送他，而是將我做的手環賣給他……」

「啊，對不起，我誤會了……」

伊凡諾連忙道歉。妲莉亞回想了一下剛才的對話，也跟著慌張起來。

「你誤會了！那不是婚約手環，純粹是戰鬥用的手環！手環上也沒有鑲寶石！」

「我想也是……因為我的手環是妻子先給的，才會產生這種聯想。」

「伊凡諾先生，你的手環是太太主動給的嗎？」

「對。家人過世後，我陷入低潮，妻子說著『我來當你的家人！』就把手環套進我手臂，我連答覆的時間都沒有。」

「你、你太太還真熱情。」

妲莉亞猶豫著不知該如何接話，這時伊凡諾打開黑皮革紙筒，從中拿出一張羊皮紙。

「請收下。我昨天早上和沃爾弗先生去神殿締結了契約。」

神殿契約羊皮紙隱約浮現魔力。

上頭烙印般地寫著「伊凡諾・巴多爾絕不會對妲莉亞・羅塞堤與其商會圖謀不軌」。

下方附有伊凡諾的簽名，呈暗紅色，讓人看了有些害怕。

妲莉亞無語地盯著契約。

「妳匆匆僱用自願擔任商會員的我，我想我應該很難馬上被信任。希望這份契約能讓妳放心一點。」

「伊凡諾先生，謝謝你。我會好好保管的。呃……抱歉我孤陋寡聞，請問商會一般都會訂立神殿契約嗎？」

「大多都會，畢竟做生意最講究誠信。」

實際上，商會只有在和貴族做生意時才會訂立神殿契約，商人之間很少這麼做。因為這麼做開銷不小，還會為彼此帶來「不能背信」的壓力和恐懼。

不過，伊凡諾決定別說那麼多。

「我相當期待妳的魔導具登錄數能超越卡洛先生。」

「家父的登錄數……這個目標好遙遠呢。」

「他登錄了二十八項。妳出生前包含改良品在內共有二十二項，妳出生後則有六項。」

「我出生後，他的登錄數就變少了……都是我害的。」

雖然有女僕在，父親還是花了很多時間和年幼的妲莉亞相處。

父親休息時常帶她出去玩，也將魔導具師必備的知識全都教給了她。雖然他也很努力工作，但若沒這個女兒，他應該能發明更多東西。

他要是沒有養育妲莉亞，並選擇再婚，或許能做更多魔導具師的工作。

這麼一來，他就不只是妲莉亞的父親，而是能以魔導具師「卡洛・羅塞堤」的身分揚名後世。

「不好意思，妲莉亞小姐，我不是那個意思。他在妳出生後所做的魔導具更為普及，如今家家戶戶都有熱水器和吹風機。我只是想表達這個……是我講話的順序錯了。」

「不，是我自己誤會了。我不禁想著，如果家父有更多時間工作，就能做出更多不同的東西。」

「話不能這麼說。對一個愛女兒、想多陪陪女兒的父親而言，那反而是段幸福的時光。像我也是這樣，寧願犧牲睡眠時間也要陪我可愛的女兒們。」

見妲莉亞一臉懊惱，男人露出慈父的笑容說道。

不過這句話中最讓她在意的，還是他不經意說出的「睡眠時間」一詞。

「伊凡諾先生，請別為商會的工作太過操勞。請你在公會的下班時間準時回家，每五天休息一次。夏祭和冬祭期間也請休息。」

「不，我不用休那麼多天。我身體很健康，妻子也不會為此生氣。我已做好心理準備，打算不眠不休直到商會步上軌道……」

「萬萬不行！這樣你和太太的相處時間會變少，女兒的成長過程也會少了父親的陪伴。而且伊凡諾先生若病倒了，對你家人和我來說都很不妙。所以你工作之餘也要好好休息。忙不過來就縮小業務範圍，或者等利潤提升再多僱個人。」

妲莉亞前世過勞死，讓父母白髮人送黑髮人。今世則因父親驟逝而遭受打擊。

她不希望任何一種情況發生在眼前的男人身上。

「被留下的人和離開的人都會很傷心……」

妲莉亞被自己哽咽的聲音嚇到。

「對不起，妲莉亞小姐……我明白了。我會認真工作，好好休息。等可以僱人時，我再僱人幫忙。呃，我身體真的很好，請不用擔心。」

「好……」

伊凡諾說完，她趕緊擠出笑容。

然而她眼前一片模糊，一定笑得很勉強。

她開始懷念起以前戴的黑框眼鏡了。

和伊凡諾開完會後，妲莉亞來到嘉布列拉的辦公室。

嘉布列拉接過羅塞堤商會的文件，以商業公會長代理人的身分檢查。

妲莉亞在對方邀請下坐在沙發上，盯著翻閱文件的嘉布列拉。

「這樣就可以了。既然伊凡諾檢查過，應該不會有缺漏。和其他公會合作的事就交由我們處理。」

對方僅看過一遍就收起文件，這時妲莉亞終於開口。

「嘉布列拉，關於伊凡諾先生……」

「我已經放那個男人自由，就算妳要還我，我也不要。」

嘉布列拉早就料到妲莉亞要說什麼，朝她露出從容的微笑。

「不，我只是……覺得事出突然，給您添麻煩了。」

「要說麻煩，我們公會的確少了一名戰力，但不會因此動搖。這是他本人的選擇，妳不必為他道歉。」

「不過，這樁麻煩的主因還是出在我身上……」

「吶，妲莉亞，我是代理公會長。比起羅塞堤商會，我更重視公會的利益。」

「那當然。」

「妳太單純了。我大可把妳當作搖錢樹，不讓妳的商會壯大，這樣公會就能一直得利下去。」

「就算您這麼做，我應該也不會發現。不，就算發現，憑我的力量也不能怎麼樣，只能乖乖接受。」

「對，所以妳需要伊凡諾。」

女人肯定地說完後，斂起笑容。

她將手移到腿上，換翹另一隻腳，面向妲莉亞。

「人都有擅長和不擅長的事。即使妳開始學習經商，也不知道要花多少年才能學會。伊凡諾能補足這段空白。」

據說她父親在商業公會倒地不起時，最先趕到的就是伊凡諾。

她想起伊凡諾在父親葬禮上，說著「對不起，我無能為力」時那雙歉疚的深藍眼睛。

「我很感謝您，也很感謝伊凡諾先生因為擔心我而加入商會。」

「妲莉亞，妳別搞錯了，伊凡諾不是那麼多愁善感的男人。他是因為懷抱商人的夢想，才選擇跟隨妳的。」

「可是，羅塞堤商會只有我一個人。若想經商，應該去更大的商會……」

「他加入妳的商會後能親自處理商業相關的事務，你們的商品和商機也會越來越多，而且沒有人會過問他的工作。這對一個商人而言，不是最棒的工作環境嗎？」

「但我的商會沒什麼賺頭。成本率高，試做又很常失敗。這次能將五趾襪賣給騎士團，只是運氣好而已。」

若非沃爾弗將五趾襪和鞋墊帶進騎士團，這兩樣東西根本不會受到矚目。她完全沒想到它們能改善騎士團的鞋內環境和足癬問題。

「即使妳看不見商機，伊凡諾也能賺到錢。妳若信任他，就把商業事務都交給他，妳只要在魔導具師的工作上自由發揮就好。」

「伊凡諾先生剛才也說了類似的話，他說『妳想做什麼盡量做』……」

父親和托比亞斯經常過問她做的魔導具，不只一兩次阻止她製作。他們會問她，那個魔導具是必須的嗎？有用嗎？安全嗎？有多少人要用——妲莉亞被問久了，有時甚至會漸漸失去興趣，打消製作的念頭。

如今卻有人告訴她「妳可以隨心所欲，自由發明東西」。這讓她感到不可思議。

接著她又想起，父親明明最喜歡做魔導具，在她出生之後製作速度卻大幅下降。一定是她害的。

「……嘉布列拉，我想問您一件我父親的事。」

「怎麼了？想知道卡洛的往事嗎？」

「請問……我父親有過想再婚的對象嗎？」

「就我所知沒有喔。」

「他找不到對象，是因為有我在嗎？」

「不是。妳是他女兒，或許我不該對妳說這種話……但其實卡洛的女人緣還不錯，也會上有女性陪酒的店。只是沒考慮過再婚而已。」

她聽著嘉布列拉的話，腦中浮現自己用的衣櫃和化妝台。上頭雕著精細的鈴蘭和鳥兒圖樣。它們的主人——妲莉亞的母親再也沒回到父親所住的綠塔。

「……是因為我母親嗎？」

「我從未聽卡洛提起『那個人』。我只知道卡洛對妳疼愛有加。」

「問了奇怪的問題真是抱歉。」

妲莉亞低頭道歉。最近的生活繁忙多變，她可能因此感傷了起來。她腦中有個部分一直在想，如果父親在會如何，換作父親會怎麼做。

不過，嘉布列拉的提醒讓她清醒了。

「我想拜託您一件事。請別將您欠家父的『人情』償還在我身上。」

「什麼意思？」

「欠您『人情』的是我，而不是家父。雖然不知道要花多少年，但我總有一天會還您人情的。」

「……真令人傻眼呢。」

嘉布列拉沉默了一會兒後，只說出這句話。

妲莉亞以為自己的話讓對方感到不悅，再次低下頭。

「對不起！說了這麼自以為是的話。可是——」

「不是。我告訴過妳，卡洛曾對我說『妲莉亞若有魔導具師或女性特有的困擾，請妳給她一些建議』，對吧？這段話還有後續。」

「後續？」

「卡洛接著一臉自傲地說：『不過，我們家妲莉亞若欠妳人情，也會自己想辦法還。』」

「爸爸他……」

「現在的妳……簡直印證了卡洛的預言。」

卡洛不但幫了嘉布列拉，還料到女兒會自立自強，預先安排了這一樁。

妲莉亞很高興父親對自己有這番期待，但也等於為她設下高標，糟糕的是她並不覺得現在的自己有能力達標。

但她不能因此低頭認輸。

受到幫助的是她。她必須自己償還這份人情，不能仰賴父親。

「妳能還的話儘管還吧。不過如果真的還清了，也挺令人不爽的，所以我之後還是會插手幫妳。」

「……謝謝您。」

妲莉亞雖然決定了不哭，但想到父親，又見到嘉布列拉溫暖的目光，她無法控制自己。

她像個忍著淚水的孩子硬擠出笑容。

這時傳來一陣敲門聲，打斷原有的氣氛。

「不好意思打擾了！」

伊凡諾沒仔細確認便面色凝重地衝進辦公室。

「魔物討伐部隊長，古拉特．巴托洛內侯爵正式派遣使者來拜訪羅塞提商會長。使者是副隊長葛利賽達．蘭札大人。」

「……妲莉亞，妳又做了什麼？」

「沒有啊……咦，該不會是為了烘鞋機吧？」

「那個，我好像聽到什麼新產品的名字？妳之後向我說明一下吧？」

嘉布列拉皮笑肉不笑，用莫名銳利的眼神盯著妲莉亞。剛才釋出的溫暖已消失無蹤。

「不行喔，嘉布列拉小姐。現在商品全交由我管理了。等登錄完，我再和您談這件事。」

「好吧，那我再問你。」

伊凡諾伸出援手，讓妲莉亞稍微鬆了口氣，但更大的壓力席捲而來。

「我已將蘭札大人帶至貴族接待室，商會長方便過來一趟嗎？」

「嘉布列拉……您可以和我同席嗎？」

「好啊。既然是和王城有關的事，我就能代表商業公會出席。」

不能讓如此重要的人物等太久。三人立即趕往貴族接待室。

◆◆◆◆◆◆

「幸會，我是奧迪涅王國騎士團，魔物討伐部隊的副隊長——葛利賽達·蘭札。」

藍髮的魁梧男人起身點了個頭。

他穿的黑騎士服和沃爾弗一樣，但領子上別的是銀劍圖案的領章。

「感謝您的問候。我是商業公會副公會長，嘉布列拉・傑達。現在公會長不在，由我代理他的職務。」

「初次見面，我是羅塞堤商會的妲莉亞・羅塞堤。」

「感謝兩位撥空前來。魔物討伐部隊長古拉特・巴托洛內託我帶了一封信來給羅塞堤商會長，請您確認。」

兩人打完招呼後，葛利賽達拿出一個稍大的白色信封。信封四個角裝飾著銀線，並用藍色的封蠟封住。光是信封就如此豪華。

「謝謝您轉交這封信，我收下了。」

妲莉亞擠出禮貌的表情，雙手接過信件。

「方便的話，希望聽到您的答覆。可以麻煩您現場確認嗎？若需要一點時間，我可以在這裡等您。」

怎麼能讓魔物討伐部隊的副隊長等？

妲莉亞掩飾著手的顫抖，拆開信封，拿出對折的白色信紙。信紙的四個角也淡淡地畫著銀劍。信紙中央有一串優美的字跡，她讀著讀著，臉上逐漸失去血色。

「方便讓我看一下嗎？」

「好、好的。」

嘉布列拉發現她的樣子有些奇怪便這麼問她。妲莉亞遞過信紙，嘉布列拉迅速瀏覽一遍後，微微瞇起眼睛。

信上除了制式化的問候語，以及對商品的謝詞之外，剩下的內容大意是「希望能盡早見到羅塞堤商會長，我會盡量配合您的時間，在王城等您」

對方雖說「希望」，但這無疑是一份請她前來王城的邀請函，而且不容她拒絕。

「羅塞堤商會長，妳明天有空嗎？」

「……有空。」

「葛利賽達大人，請問可以用口頭答覆嗎？還是要請羅塞堤商會長寫一封回信？」

「口頭就好。」

「那麼就約明天中午過後。若隊長大人時間不方便，約晚一點也無妨。」

「好的，感謝答覆。巴托洛內一定會很高興。」

男人說著露出微笑，客套地道別後，沒喝一口紅茶就離開了。

「……為什麼我會收到這種東西？」

妲莉亞坐在自己坐不慣的豪華皮椅上，茫然地看著那封信。

她不小心稱呼魔物討伐部隊長的信為「這種東西」，但她已經急到顧不了那麼多。她慌張至極，開始覺得疲憊不堪。

「他可能有什麼急事，或真的很想見妳吧。」

「這我可以理解，但用這種方式邀請妲莉亞小姐太奇怪了吧。對方是王城裡的人，照理說應該提前通知，直接把她叫進城裡就好，根本不必問她的意見。」

伊凡諾歪著頭，但也想不出所以然。知道答案的只有隊長古拉特本人。

「妲莉亞，妳明天本來要做什麼？」

「呃，和伊凡諾先生完成剩下的文件，然後拜訪費爾莫先生的工房。」

「這兩件事都先延期，妳得趕緊做準備。」

「準備……啊！」

妲莉亞急得像熱鍋上的螞蟻，聽到「準備」兩個字才回過神來。

「沒錯。妳要穿什麼去王城？妝髮怎麼辦？知道該說什麼問候詞嗎？」

「抱歉，我毫無頭緒……」

「我也不擅長這些事，但我會在明天前教妳最基本的禮儀和問候詞。事關我丈夫和沃爾弗雷德大人的顏面，妳要用心記住。」

「麻煩您了……」

妲莉亞有種泰山壓頂的感覺。

現在起到明天中午有一整天的時間，這段時間裡，她必須準備好大小事，將所有知識塞入腦中。她已開始擔心自己能否全部記住，會不會記了就忘。

不對，她前世也曾在考試前臨時抱佛腳，念自己不擅長的科目。雖然最後離高分還差得遠，但不至於不及格。臨陣磨槍也是種方法。

她不知道和魔物討伐部隊長見面的及格線在哪，但決定先不想這件事。

「伊凡諾，你來擔任妲莉亞的侍者，從下馬車的地方幫她提著包包，一路走到入口。衣服就穿你當櫃檯人員時那套藏青色西裝。再來，你們得蒐集現有的五趾襪和鞋墊當作伴手禮帶去。就說是羅塞提商會研究用的樣品。」

「好，我這就去蒐集！啊，可是我肚子變凸，穿不下那套西裝了。」

「那就找人借，或等會兒在路上的租衣店租一件。要藏青或深灰，黑色不行。」

「我明白了！」

「你回來後也要和妲莉亞一起學。羅塞堤商會之後接觸貴族的機會應該會越來越多。」

「好的，謝謝您。」

嘉布列拉快速下達指示，伊凡諾點了點頭，帶著瞭然的表情離開貴族接待室。妲莉亞事不關己地心想，不愧是伊凡諾先生，即使遇到大事，腳步也沒變沉重。

「妲莉亞，我們去租衣服。這次來不及買了，下次再和服裝店商量，訂做一套吧。」

「好……」

「很少有女性商會長出入王城……妳是卡洛的女兒，可以穿準貴族女性的禮服，但穿商人的套裝比較保險，還是跟服裝店商量一下吧。還要準備鞋子……」

嘉布列拉喃喃自語地往外走，妲莉亞快步跟在她斜後方。

妲莉亞剛說完自己總有一天會還她人情，沒想到又欠了更多。

妲莉亞不想逃避，但一想到面前的漫漫長路和必須跨越的高山，她的頭就隱隱作痛。

不知為何，她不由得想起了前世小時候打預防針的記憶。

王城、足癬與魔導具師

「妲莉亞小姐，妳是不是很緊張？」

「……有點，不，很緊張？」

妲莉亞原本想回答伊凡諾的問題，說著說著卻連自己也不太確定。

兩人搭著馬車，坐在她對面的伊凡諾露出苦笑。他今天將芥子色頭髮全部往後梳，穿著藏青色西裝。

他那平易近人的公會員氣質完全消失，化身為可靠的商人，比妲莉亞更像商會長。能不能請他代替自己進入王城呢？妲莉亞不禁認真地這麼想。

妲莉亞嘆了口氣。她今天穿著藍綠色洋裝，配上同色小外套。鞋子則是更深的墨綠。老實說她覺得有點熱。

她將紅髮往後紮起，請人幫忙化了色彩不多但正式的妝容。

首飾挑選的是沃爾弗送的解毒戒指和獨角獸墜飾。她刻意將鍊子放長一些，將墜飾藏在衣服裡。戴這些不是想打扮，而是為了防止胃痛。即使是好喝的高級紅茶，她如今喝進胃裡也與毒藥無異。

附帶一提，她昨天光挑衣服和鞋子就花了兩小時。主要是因為租衣店的店員和嘉布列拉意見不合。

妲莉亞想找的是不顯眼且不失禮的衣服，但她們告訴她，穿得太普通也很失禮。店員推薦了一件比這更明亮的綠色禮服，嘉布列拉則推薦她穿奶油色系的衣服。

最後，店員從裡頭找來店長的夫人——她婚前是子爵千金。請教過店長太太的意見後，才終於挑了這件藍綠色洋裝。

妲莉亞表明自己要代表商會進城拜訪，對方表示妲莉亞雖然單身，但既然是初次進城，還是穿穩重一點的服裝比較好。

店長太太還說，王城裡樓梯很多，走廊也很長，因此最好別穿太長的裙子或不好走的鞋子。另外，騎士團對於女賓的服裝沒什麼要求，所以不必太過小心翼翼。

妲莉亞對她豐富的知識感到驚訝，她笑著說自己之前在王城工作，和店長結婚後才變成平民。沒想到世界這麼小。

店長太太還順帶傳授了一些不必要的知識，像是若想在王城裡釣金龜婿，最好穿暖色系或亮色系的衣服，留長髮更討喜等等。

妲莉亞可能一生都用不到這些知識，但她自始至終都笑著聆聽。

她們離開租衣店後，前往以前去過的化妝品店，商量適合的髮型和妝容，最後決定請店員隔天一早來商業公會幫妲莉亞梳妝打扮。妲莉亞沒時間學新的妝容，因而心懷感激地拜託對方。

爾後，妲莉亞和伊凡諾在公會的會議室裡待了很久，向嘉布列拉學習貴族禮儀。連晚餐時間也為了學習餐桌禮儀而和嘉布列拉一同用餐。不過妲莉亞完全不記得味道如何。

等一切結束，她搭乘接送馬車回到綠塔時，已過了午夜十二點。

嘉布列拉暫時認定她合格，但她有如裝滿水的杯子，不知腦中的知識何時會溢出。這讓她極為不安。

「要是我也能和妳一起進城就好了。」

妲莉亞回想著昨天發生的事時，伊凡諾嘆了口氣，垂下肩膀。

正式獲得出入許可的商會可在必要時帶著下屬進入王城，但羅塞堤商會是透過商業公會牽線，而且這次只有妲莉亞一人受邀。她不能擅自帶人進去。

「話說回來，對方為什麼要找妳呢？」

「沃爾弗應該沒有把烘鞋機的事說出去……難道和手環有關？」

「隊長大人會不會和我一樣誤會了，所以想見妳一面？」

「應該……不會吧……」

婚約手環上本來應鑲著與贈送者髮色、眸色相同的寶石。

妲莉亞所送的婚約手環應該會鑲有代表紅髮的紅寶石，或代表綠眸的祖母綠。但她給沃爾弗的是銀底金色光芒的手環，並沒有鑲寶石。

然而，連伊凡諾都誤會了，難保隊長不是這樣。她開始頭痛了起來。

「對不起，進城前不該聊這個的。」

伊凡諾向她道歉，她連忙搖了搖頭，別過視線望向窗外。

她透過馬車窗戶看見王城的白色高牆。

王城位於王都北部，穿越那道巨大的石門後，景色為之一變，彷彿來到另一座都市。

被白色石牆環繞的廣闊土地中，有國王住的城堡、與騎士團或魔導相關的建築、訓練場等設施。

這裡不愧為「王城」，中央有一座遠看仍顯得特別高大的城堡。

那座城堡即使有前世中古歐洲的風格，但它沒有三角形的尖塔，而是一座四方形的建築，上面有三座塔。外型稱不上優雅，卻感覺很堅固。城堡周圍的建築也都很宏偉，使商業公會顯得渺小。每棟基本上都是白色的石造建築。

馬車行駛的路面呈淺灰色，看不見縫隙，彷彿前世的水泥般精細。妲莉亞很好奇它的材質和加工方式。

她努力克制自己不要東張西望，但映入眼簾的事物全都讓她覺得很新奇。

進了城門，隨即來到停馬車的地方。

伊凡諾下車後，伸手扶妲莉亞下車。但那隻手的高度和沃爾弗不同，讓她愣了一下。伊凡諾以為她在緊張，笑著以唇語說「加油」。妲莉亞也笑著點了點頭。

伊凡諾只能陪她走到出口前方，之後必須在等候室等她。

妲莉亞從停馬車的地方沿著走道走向唯一的出口。路上和幾名騎士擦身而過，每次遇到騎士，她都停下來點頭致意。

穿過出口後有兩條走道。男女分別進入不同房間，確認身分並檢查行李。

她出示魔物討伐部隊長寄的邀請函，負責檢查的女騎士似乎已接到通知，只稍微檢查了一下她的行李便讓她往前走。

「魔物討伐部隊會派人來接您，請在此稍候。」

她原以為要自己走進去，卻被告知會有馬車來接她。在王城內移動也要用到馬車嗎？有必要派人來接她這種小人物嗎？她腦中胡思亂想，但仍保持笑容按照指示等待。

她被帶到一間有豪華家具的小房間，然而緊張的情緒仍未消退，坐上黑皮革沙發時，還因為沙發太軟而重心不穩。

她拚命深呼吸，開始出現氧氣過多的狀況時，終於聽見敲門聲。

「魔物討伐部隊前來相迎……抱歉，妲莉亞，先上馬車再說……」

前後的語句聽起來很不連貫，但知道來的是沃爾弗，她鬆了口氣。

男子低聲說完，拿起妲莉亞的行李，伸手扶她。

妲莉亞不知不覺已習慣這個高度。她將手交給對方，搭上馬車。

「抱歉，我今早才知道隊長找妳來。要是昨天知道，就能先派使者去找妳了……」

馬車載著兩人出發後，沃爾弗再次道歉。

「別在意。對了，你知道我為什麼被找進城裡嗎？」

「隊長只是想感謝妳製作襪子和鞋墊。他找來了寫報告的弟兄們，想跟妳聊一聊。他是侯爵，可能沒想太多就叫妳過來了。」

仔細想想，魔物討伐部隊長是侯爵，若有話想說或有事想問，將商人叫進城裡是很正常的事。或許他只是想在首次收到商品前向業者打聲招呼而已。妲莉亞這麼想完，內心輕鬆了不少。

「這下我安心了。我一直在想他為什麼叫我來……」

「沒事的。烘鞋機的事我沒說出去，手環也藏得很好。」

「昨天的訓練還順利嗎？手環會不會很難用？」

「不會，用起來比前天更順手了。我在訓練中用不到一半的力量，但還是很開心。戴著手環能輕鬆從對手頭頂上跳過，戰術也因此變多了。」

等等，雖然他只出了半分力，做的事卻相當驚人。

其他人真的不覺得奇怪？沒有衍生出問題嗎？

「從對手頭頂上跳過……」

「沒什麼，這點我本來就做得到。只是次數增加了而已。」

「本來就做得到……其他隊員見到你這樣沒說什麼嗎？」

「他們嘲笑我說『沃爾弗，你是嫌力氣太多嗎？』、『魔物快來啊』，還說『他跳的次數比平常多呢』……」

看來妲莉亞白擔心了一場。她見青年有些不悅，不禁笑了出來。

笑意終於止住時，馬車也正好停下。

「雖然只有我們的人，還是演一下好了……妲莉亞小姐，歡迎來到魔物討伐部隊。」

「謝謝您，沃爾弗雷德大人。」

沃爾弗再度伸手，妲莉亞笑著將手疊了上去。

「感謝隊長大人的邀請，我是羅塞堤商會的妲莉亞・羅塞堤。」

妲莉亞被請至一間豪華的會客室，裡頭空間寬敞，而且人很多。除了她之外，還有七名騎士圍坐在光亮的黑色桌子旁。

她自我介紹完鞠了個長長的躬，有著深灰稀疏頭髮的男人笑著點頭。

「我是奧迪涅王國騎士團，魔物討伐部隊長古拉特・巴托洛內。羅塞堤商會長，感謝您撥空前來。」

「您太客氣了，能受邀至王城是我的榮幸。我對貴族禮節不甚熟悉，若有失禮之處，敬請見諒。」

妲莉亞心想自己一定會緊張到結巴，並唸出昨天學的客套話，擺出業務式笑容。在對方邀請下，她慎重地坐在皮椅上，等古拉特開口。

「除了沃爾弗雷德，在座其他六個人也都試用過五趾襪和鞋墊。大家為了向羅塞堤商會長道謝而聚集在這裡。只是要聊聊天，互相問候而已，請放輕鬆。」

「感謝您的說明。謝謝各位在百忙之中，細心撰寫報告。」

妲莉亞道謝後，騎士們簡單地自我介紹並點頭致意。

現場共有一位年紀稍長的騎士、兩位壯年騎士、兩位和沃爾弗年紀相近的騎士。

「這是現在量產中的五趾襪與鞋墊，請各位笑納。正式商品與贈品將於日後奉上。」

妲莉亞將置於腳邊的白色盒子拿到桌上。

她照嘉布列拉說的，將新做的五趾襪和鞋墊帶來當作伴手禮，並藉此製造話題。她帶了二十組，在場的人應該都拿得到。

「謝謝。」

「太好了，這樣就有得替換了。」

「我開始期待下次遠征了。」

古拉特瞇起紅眼微笑，騎士們的表情也跟著放鬆。

妲莉亞心中的緊張消失了些，這時女僕們端來紅茶。

她拿起白底銀邊的茶杯，做做樣子用嘴碰了一下後，繼續聽他們說話。

「不好意思，我第一次聽聞羅塞堤商會的名號……請問貴商會是什麼時候成立的呢？」

「今年剛成立。」

「真了不起。初次交易就賣出這麼有用的商品，貴商會的未來發展真教人期待。」

「謝謝……」

妲莉亞感謝壯年騎士的稱讚，同時冷汗直流。

她有幸將商品賣到王城，然而首次賣出的卻是五趾襪和鞋墊。

父親地下有知，應該會說這商品太普通，或是問她為何往這方面發展。若他來到妲莉亞夢裡，妲莉亞一定要回他「因為我做事腳踏實地」。

「不，這並非妲莉亞小姐所做的第一項產品。」

妲莉亞緊張到開始陷入幻想，以逃避現實，這時坐在她身旁的沃爾弗突然開口。

「羅塞堤商會成立前，妲莉亞小姐在學生時代就開發了防水布。她不但是優秀的商會長，更是一名才華洋溢的魔導具師。」

她很想大叫「等等，沃爾弗」，但又不能這麼做，只好張開嘴又闔上。

這是小朋友在炫耀家人嗎！這說明也太長了吧！她想說卻說不出口。

「防水布！太厲害了。多虧有防水布讓帳篷變輕了。」

「馬車篷採用防水布後，漏水問題就減少了。」

「原來是羅塞堤商會長發明的……」

沃爾弗簡報般的說明結束後，騎士們同聲稱讚。

然而，妲莉亞只想全力逃離這裡。

「我聽沃爾弗雷德說，他從妳那邊問到了一份預防足癬的注意事項，那真的有效嗎？」

這時古拉特剛好換了個話題，妲莉亞樂得趕緊回應。

身為隊長的他一定是聽隊員們說了這個煩惱，想要找出解決方法。

「有一定程度的效果。痊癒後若小心遵守，也能避免復發。」

「上頭說『洗澡時要用肥皂仔細清洗腳掌和腳趾』，洗兩次會不會更有效呢？」

「若洗得夠仔細，一次就行了。洗太多次也不好……洗腳時請不要用力揉搓。另外，請務必將腳上的肥皂沖乾淨。」

沃爾弗寫的筆記不知為何被謄寫為一份整齊的清單，所有人都拿到了。

他們明明是在閒聊，隊長身旁的壯年騎士卻以速記的方式寫筆記。這又不是重要會議，應該沒什麼好記錄的才對。

不過，這說不定是王城裡的人和外來者說話時的慣例。

「還有一點是『得了足癬，要在洗完澡後將腳完全擦乾，塗上專用藥膏，然後保持乾燥』。去神殿治療完，再次洗澡後也要這麼做嗎？」

「去神殿治療完，仍要記得在洗澡後擦乾水分，保持乾燥。另外，去神殿治療當天，為防止足癬復發，最好帶著洗乾淨的鞋子，治療完立刻換穿。因為原本的鞋子裡可能殘留足癬的病菌。」

「鞋子裡竟會殘留病菌！」

「我去神殿治療完，穿著同一雙鞋子回家……」

「我也是。天哪，鞋子裡也有病菌嗎……難怪我去了四次都沒治好。」

隊長、壯年和青年騎士好像散發著沉重的悲壯感？一定是她太緊張又太累才產生了錯覺。

「羅塞堤商會長，請問和別人共穿戰鬥用的靴子也會被傳染嗎？」

「有這個可能，所以還是盡量避免。我在注意事項中還提到，『待在自己房間或寢室時，可以換穿拖鞋，讓腳保持通風』，拖鞋也請不要共用。」

「穿拖鞋前是不是也該洗腳？」

「若在外走動出了汗，回家洗手時也請順便洗腳，擦乾後再換室內拖鞋。不過洗太多次也不好……」

「穿著五趾襪睡覺會不會更有效？」

「不，這樣睡覺時可能會流汗，導致足癬惡化，請別這麼做。」

提問聲此起彼落，沒想到受足癬所苦的隊員這麼多。即使提問者本人沒有得病，也可能是為得病的朋友擔心，或怕自己被傳染。

妲莉亞想了想，看著清單補充說明。

「另外，請清洗鞋子並完全曬乾。若是不能洗的鞋子，可以試著施予淨化魔法。」

「原來如此，把足癬想成傳染病就行了吧？」

好幾個人點了點頭。沒錯，足癬是由皮癬菌引發的傳染病。

不只要注意鞋子。若不斷絕所有傳染途徑還會復發。

「不過，羅塞堤商會長，也有人不會得足癬對吧？」

「當然有……但也有可能是那個人沒發現自己得了足癬。」

「足癬一般不都會長水泡和發癢嗎？很難不發現吧？」

「不只這樣，嚴重的話好像還會流汁、變紅，指甲呈現灰白色。」

隊長雖然說「好像」，灰色的眉毛卻緊皺在一起，妲莉亞默默將視線從他身上移開。

「儘管沒長水泡，腳趾皮變得白白軟軟的，遲遲好不了，也屬於足癬初期症狀。」

「咦？」

她身旁傳來一聲破音的驚呼。

沃爾弗不是說自己沒有足癬嗎？那聲驚呼是怎麼回事？

妲莉亞以眼神示意後再好好盤問他，他回以一個尷尬的笑容。

她內心浮現許多擔憂，但決定先放在一邊。

「足癬有時也會導致腳跟或腳掌變白變硬，這種類型的足癬不太會癢。」

「腳跟或腳掌變白變硬……不太會癢……」

年紀稍長的騎士以低沉的嗓音，莫名重複著她的話。

她前世的父親得過一般的足癬，還有腳跟會變白的角化型足癬。父親每天都穿皮鞋上班，會用紫外線殺菌器為鞋子消毒。可惜她在今世還沒聽過紫外線相關技術，只能仰賴治癒和淨化魔法及各種草藥了。

不過，她還擔心一件事。王城裡的騎士大多是團體行動，也有部分的人住在軍營裡。只要有一人得病，就有可能傳染給其他人。

儘管有點失禮，她還是鼓起勇氣告訴他們這件事。

「那個，團體生活容易造成足癬擴散，最好還是大家共同對抗足癬。不只鞋子，連赤腳會碰到的東西，例如澡堂的腳踏墊、公用毛巾等都有可能帶有病菌。」

「竟然……！」

「什麼！」

眾人的視線一同掃向她，讓她覺得有點恐怖，不禁倒抽一口氣。

「弟兄們，把腳踏墊和公用毛巾全部燒掉！」

「是！」

等一下！拜託別講得像要火攻敵人一樣！妲莉亞有些慌了。

隊員們全力應和隊長的指令使她心驚膽戰。

「請等一下！腳踏墊和毛巾只要洗乾淨就沒事了！洗完之後讓每個人用自己的……」

「不，這種時候就要斬草除根！」

對方斬釘截鐵地這麼說，讓她很困擾。腳踏墊和毛巾是無辜的。到底要說什麼他才聽得進去？

妲莉亞絞盡腦汁試圖解釋時，在場最年輕的騎士歪頭開口。

「古拉特隊長，禍根應該是我們的腳吧？」

「這麼說也沒錯。」

「我想到一個完美解法！只要把腳砍斷，讓腳再生，就能根治足癬了！」

青年一臉得意地高聲說完，妲莉亞忍不住大叫：

「絕對不行！」

她不懂自己為何初次進到王城就得大吼大叫。

這可怕又極端的解法是怎麼想出來的？要由誰來執行？

而且為什麼除了她以外，沒人出聲阻止？

「噗……！」

沃爾弗自然地噗哧一笑後，忍俊不禁地笑了。看樣子他已經沒有要演了。這種時候他不是該以商會保證人或朋友的身分替妲莉亞說話嗎？

其他騎士有的笑了出來，有的尷尬苦笑，令她不知所措。

「沃爾弗雷德、大人……！」

「抱歉……我克制不住笑意……不過也真是辛苦妳了。」

「咦？」

「妳不是和令尊兩個人住嗎？說到傳染，不就是……」

「你誤會了，我沒有！」

「對不起！我不會再提這件事！」

「你一定誤會了！」

她辛苦練習的禮儀和敬語這下全都蕩然無存。

妲莉亞拚了命想向沃爾弗解釋，其他人則以不冷不熱的視線望著她。

這天之後，在場的人都對妲莉亞莫名親切，或對羅塞提商會特別好，不過原因不明。

妲莉亞前世向父親學到足癬相關的知識。

今世能用這些知識幫助煩惱的人，可謂好事一樁。

然而，她初次進到王城，按捺緊張的情緒拚命應對，沃爾弗卻害她把一切搞砸了。言詞和態度全都原形畢露。

古拉特隊長見她驚慌失措，因而開口教訓沃爾弗：「沃爾弗雷德，我知道你想緩和氣氛，但玩笑別開得太過分。」

還好後來他們只確認了契約，聊了一下商業公會的話題就結束聚會。

但妲莉亞的心靈仍嚴重受創，嚴重到她再也不想來王城。

她向眾人道別完要離開時，古拉特隊長沒有叫沃爾弗，而指派了另一位赤銅色頭髮的騎士護送她。

她和那位騎士走出建築物，搭上了馬車，然而沮喪的情緒仍未消退。

眼前的騎士比沃爾弗還高大，體格也很健壯。讓她覺得馬車變得有點擠。

「我是蘭道夫・古德溫。羅塞堤商會長，我可以和妳聊聊嗎？」

「好的，請說。」

騎士貼心地向她二度自我介紹，她坐正聆聽。

「在王城內接受騎士帶路時，要走在斜後方，而非正後方，距離也要再靠近一些。另外，開會中也不必向提問的人低頭。若不懂這些規矩，可以請教經常出入王城的商會。」

「謝謝您告訴我這些，我會照做的。抱歉失禮了。」

妲莉亞深深低下頭。看來臨時抱佛腳似乎是不夠的。她想都沒想過走在騎士身後要保持多少距離。

「不會，這是小事，還不至於失禮。如果只和魔物討伐部隊往來，不必在意這麼多。不過王城中有些單位很講究細節。羅塞堤商會背負了沃爾弗雷德・斯卡法洛特的名號，妳很容易受到注目，無論就好的意義或壞的意義而言都是如此。妳最好學習這些事，這是為了沃爾弗，也是為了自保。」

「真的很謝謝您，古德溫大人。」

妲莉亞很感謝騎士提醒自己，更高興他說了這番話。

沃爾弗說他在隊上只有幾位聊得來的朋友。這位朋友明顯對他很好，會為他分憂解勞。

「妳也是沃爾弗的朋友吧？……城裡叫古德溫的人很多，妳叫我蘭道夫就好。」

「謝謝您的用心，蘭道夫大人。」

「我可以叫妳妲莉亞小姐嗎？若妳覺得失禮就算了。」

「可以叫我名字沒關係。」

蘭道夫用手抵著下顎，調整呼吸後再度開口。

「剛才沃爾弗的發言可能對妳很失禮，但我很少見到那樣的他。他的樣子和平常差太多，讓我嚇了一跳。」

「他平常不會那樣嗎？」

「他在王城裡是冷靜的騎士，在隊上是模範隊員，和朋友聊起天來是值得信賴的人，和魔物戰鬥時就像魔王一樣。」

「魔王……」

她總覺得最後這項和前面不太一樣。「魔王」這個詞一般都用來形容魔物而不是人吧？但她暫時將這個念頭拋在腦後。

「那才是沃爾弗的真實面貌嗎？」

「與其說真實面貌……不如說那也是他其中一面。」

妲莉亞常和不加掩飾的沃爾弗在一起，自然會這麼想。不過仔細想想，他在工作時以不同的面貌示人也很正常。

人本來就是多面體，會依場合而有所變化。她從事魔導具師工作時、扮演商會長時、放鬆時，呈現出的面貌也不同。

即使是經常見到的人也有不同的一面。

「他在妳面前總是那麼失禮嗎？」

「不，沃爾弗剛才雖然失言，但他一定沒有惡意！……啊！」

眼見蘭道夫以嚴肅的表情詢問，妲莉亞想為沃爾弗說話，卻不小心直呼了他的名字。

「抱歉！我失禮了。」

「妳不必道歉。我可能沒資格這麼說，但還是要謝謝妳願意當沃爾弗的朋友。」

「不，那個……我也覺得沃爾弗大人能有您這樣的朋友，真是太好了。」

妲莉亞聽完有點慌張，想傳達心中的想法，敬語卻變得一團糟。

蘭道夫愣了一下後，彎起紅茶色眼睛笑了。

「謝謝，我也希望如此。」

兩人相視微微苦笑，馬車就在此時抵達了停車處。

在蘭道夫攙扶下，妲莉亞走下馬車，點頭致意後便沿著來路離去。

●●●●●●

「沃爾弗雷德，世上有些話能說，有些話不能說。」

「……我在反省了。」

妲莉亞等人走出會客室後，古拉特立刻用嚴厲的眼神盯著沃爾弗。

「就算再怎麼親近，也不能對年輕女性說剛才那種話。」

「古拉特隊長，不好意思，那麼我們說的話是不是也很失禮呢？……我們原本只是想確認預防足癬的注意事項，到後來卻拚命問關於足癬的問題。」

「……這我承認。」

「不過還好有問，不然足癬還會在我們之間繼續傳播下去。」

年輕騎士的一句話讓眾人的表情蒙上陰影。光是想像就覺得毛骨悚然。

「……所有人聽好，這是隊長的禁口令。羅塞堤商會長剛才那件事，大家死都不能說出去。」

眾人整齊地應了聲「是」。

「沃爾弗雷德，你務必深深反省。」

「那種話真的不能說。我是女人的話，聽了一定會哭。」

「沃爾弗雷德，你那樣真的太過分了……」

「你再開那種過火的玩笑，小心哪天被甩。」

「不……我和羅塞堤商會長是朋友，不是那種關係……」

「是喔，那她之後可能會避開你喔。」

「咦？避開我？」

青年隨即反問，對方回以微妙的視線。

「沃爾弗，要是惹女生不開心，她會計較很久喔。你之後還會和他們商會往來吧？」

「我當然……是這麼想的。」

「沃爾弗雷德，這件事若影響到往後的交易可就糟了。你最好帶點東西去向她賠罪。」

「我知道了。那個……各位有什麼推薦的嗎？」

沃爾弗問完，年紀稍長的騎士抽動了一下眉毛。

「喂，這種事你應該比我們更清楚吧？假如想不到要送什麼，就買羅塞堤商會長喜歡的花，請店家幫你搭配成花束吧。」

「……我不知道她喜歡什麼花。」

「真拿你沒輒。那就買她喜歡的甜點吧。」

「……這我也不知道。」

「你幹嘛不問她呢？你們認識很久了吧？」

多利諾露出傻眼的表情。

「我的確該問她……」

事實上，他們認識還不到一個月，沃爾弗算得很清楚，今天是他們第九次見面，但這種事他說不出口。

「沃爾弗雷德，你先去受歡迎的花店買束適合送年輕女性的花束，記得要以紅色為主，請店員幫你搭配。接著再去貴族街的甜點店，買泡芙和紅茶用的造型砂糖。送這幾樣消耗得掉的東西應該就沒問題了。」

「謝謝您，阿爾菲奧前輩。」

「不愧是阿爾菲奧前輩，很懂怎麼應付女生。」

「我家有四個女兒，所以很清楚送錯東西的下場……」

男人那雙焦茶色的眼睛望向遠方，其他男性也陷入沉默。看來大家多少都有送錯東西的經驗。

「沃爾弗雷德，再晚店家就要打烊了。今天就讓你早退吧。」

「謝謝……」

沃爾弗嘴上向古拉特道謝，心卻早已不在這裡。他眼神飄移，注意力一直放在門口。

「好了，解散吧。」

隊長下令結束後，沃爾弗無聲地走出去。壯年騎士望著他的背影苦笑。

「這表現真不像他，我好驚訝。」

「沃爾弗也淪陷了……而且他自己好像不知道？」

「誰知道。不過可以確定的是他第一次露出那種表情。」

「可是羅塞堤商會長坐在他旁邊，表現得很正常耶。」

「這點就別告訴他了……」

可以用來形容沃爾弗雷德的詞很多。

他是魔物討伐部隊的赤鎧，也是冷靜沉著而值得信賴的戰友。

這名外號「黑色死神」的騎士，連遇到強大魔物也會勇往直前。

那張俊美的臉吸引了女性們的目光，卻對告白和情書都不屑一顧。

他和前公爵夫人傳出華麗的緋聞，據傳他還從容地出入娼館。

這些是隊友們所熟知的沃爾弗。

然而，剛才的沃爾弗卻像青澀的少年般緊張。

沒人敢嘲笑他，不知是因為他太反常，還是因為那副模樣讓大家想起少年時的自己。

古拉特早已結束、快要忘卻的「麻疹」。

「初戀就像麻疹，來得越晚病得越重，越不容易好——」

這是歌劇中的一句歌詞。說不定沃爾弗到了這個年紀才染上麻疹。

「這件事你們也別說出去，說出去就太不識相了。」

古拉特瞇起紅眼，打斷他們的對話。

他在心裡祝福先行離開會客室的青年一切順利。

賠罪與爆料大會

妲莉亞出了王城後，先去租衣店歸還衣服，再到商業公會向伊凡諾和嘉布列拉報告剛才的狀況。

兩人原本面露擔憂，但王城中發生的事讓他們越聽表情越怪。妲莉亞也覺得自己在說明時，像能劇面具一樣表情僵硬。

原以為全部說完心情會輕鬆一些，卻有種更把自己逼進死胡同的感覺。

他們不斷說著「辛苦妳了」、「恭喜妳越過一座高山」，妲莉亞在他們的安慰下，好不容易打起精神回到綠塔。

今天就什麼都別想，早點休息吧——正當她這麼想時，門鈴響了。

不知為何，她立刻就知道是沃爾弗。

她快步下樓，打開家門，只見青年一臉憔悴地站在那裡。

他的容貌依然俊美，表情卻神似她前世養的狗闖禍後被罵的樣子。

看見那個表情後，妲莉亞一點都不想責備他了。

「今天真的很抱歉！我在反省了……」

青年低下頭，遞出一束美麗又可愛的花。

紅玫瑰、鈴蘭、粉紅色的鱗托菊被包成了圓滾滾的形狀。

妲莉亞雙手接過綁著紅緞帶的花束，聞到淡淡的玫瑰香氣。

「好，這次就算了。」

「謝謝……！」

「不過你要是再讓我身陷足癬疑雲，我連在綠塔裡也要喊你『沃爾弗雷德大人』。」

「別這樣，我下次不敢了……」

沃爾弗的表情太過悲痛，她不禁笑了出來。

青年看見她的笑容鬆了口氣，將藏在背後的水藍色盒子遞給她。

「這是泡芙，請妳吃。」

「謝謝。太好了，我很喜歡泡芙。你要不要進來一起吃？」

「好，謝謝妳的邀請。」

他們爬上二樓，終於恢復成平時的互動模式。

妲莉亞坐在沙發上，解開水藍色甜點盒的藍緞帶。

盒子裡有鮮奶油泡芙、卡士達泡芙、洋酒風味的卡士達泡芙，三種口味各兩個。

下面的扁盒子裡則裝著花朵、動物等各種造型的砂糖。

她用比平常更好的茶葉泡了壺紅茶，和沃爾弗一同享用。

妲莉亞首先挑選的是經典的卡士達口味。

沃爾弗則選了洋酒風味的卡士達泡芙。

今世的泡芙比前世大一些，形狀也比較扁。

她小心地拿起泡芙，從重量就能感受到餡料有多紮實。為避免內餡溢出，她從邊緣輕咬了一口，卡士達的甜味和香草的香氣在口中擴散。

這個泡芙的卡士達味比她以前吃過的還濃，應該是用上等的牛奶和雞蛋做的。甜度雖然高，但泡芙皮帶有鹹味，為味道增添了亮點。

她原本打算邊吃邊喝紅茶，卻完全忘記這回事，吃完一整個泡芙。

「這泡芙好好吃。」

「妳喜歡就好。」

看見妲莉亞陶醉的笑容，沃爾弗感到心滿意足。

不枉費他戴著妖精結晶眼鏡，在貴族街的知名甜點店排了三十分鐘的隊。

「妲莉亞，再吃一個吧？」

「你應該可以輕鬆吃下三個左右吧……」

「不，我沒辦法吃太多甜食，吃一個就夠了。但這個泡芙不大，我應該吃得下兩個。」

妲莉亞最近很在意自己的腰圍，所以感到非常猶豫。

是不是該延遲享受，留到明天再吃呢？

可是，還是現做的最好吃。儘管泡芙可以冷藏或冷凍，但現在吃才是最佳選擇。

當她猶豫不決時，沃爾弗露出燦笑拿起盒子請她吃。

她最後吃了鮮奶油泡芙，美味極了。

「妳喜歡什麼花？」

妲莉亞還沉醉在鮮奶油泡芙的餘韻中，沃爾弗突然這麼問道。

「每種花我都喜歡……尤其是玫瑰、梔子花這種有香味的花朵。」

「妳的名字是從大麗菊(dahlia)來的吧？」

「對，是我父親取的。他選了舊的讀音『亞』，而非現在通用的『阿』。因為名字的關係，很多人都以為我喜歡大麗菊，但大麗菊沒什麼香味。」

「原來如此……那妳喜歡什麼點心？」

「泡芙和起司蛋糕，其他點心我也喜歡。你呢？」

「鹹奶油餅乾、蝦餅……還有沙巴翁。」

很像愛酒之人的回答，這些幾乎都是下酒的零食。

他最後提到的「沙巴翁」是將蛋黃和砂糖打到起泡後，加入白酒煮成的甜點。他之所以喜歡，一定是因為這道甜點是用白酒做的。

妲莉亞喝著紅茶喘了口氣後，想起離開王城時的事。

「抱歉，我今天也在不知情的情況下犯了錯，差點給你添麻煩。」

「犯什麼錯？」

「蘭道夫大人告訴我，在走廊上不能走在騎士正後方，要走在斜後方稍微靠近一點的位置……我不知道的規矩太多了，之後會向其他商會的人請教。」

「『蘭道夫』……？」

沃爾弗從稱呼他「古德溫先生」到改稱他「蘭道夫」花了兩個月。而且是在魔物討伐部隊朝夕相處，才有這般成果。

妲莉亞和蘭道夫只從部隊的建築走到了停車處，為什麼這樣就能叫他「蘭道夫」？沃爾弗知道沒必要計較這種小事，但還是很在意。

「是，他說王城中有些單位很講究這種事。我身為商會長當然要了解王城的禮儀，你又是商會保證人，我不想給你添麻煩。」

「不愧是蘭道夫……我完全沒注意到。」

「蘭道夫大人也是貴族嗎？」

「他是古德溫伯爵家的次子，講『東方國境伯爵』妳應該比較清楚吧。」

「他提醒我之後說『這是為了沃爾弗，也是為了自保』。是位很棒的朋友呢。」

「……嗯，我很感謝他。」

沃爾弗為自己的胡思亂想感到難為情。妲莉亞和蘭道夫都只是在為他著想而已。

他今天一直抓不到自己的步調。一定是因為發生太多不習慣的事了。

「五趾襪和鞋墊應該會在王都流行起來。妳說不定能像令尊一樣被推薦為名譽男爵呢。我們隊長很有可能推薦妳。」

成為名譽男爵後，無論金錢或地位方面都更有利。

然而妲莉亞卻一臉苦悶地說：

「我才不想因為這種事被推薦為男爵……」

「為什麼？成為名譽男爵對妳魔導具師的工作也有幫助吧？」

「的確有幫助，但魔導具師獲封爵位時，通常會以獲得推薦的產品，或那個人當時最有名的魔導具當作外號。像我父親就被稱為『熱水器男爵』。」

「原來如此，我第一次聽說。」

原來魔導具師成為名譽男爵後還會有外號，他覺得這樣滿帥的。

「我若受到推薦，不就會被稱為『五趾襪男爵』或『鞋墊男爵』了嗎……如果偏偏被叫作『足癬男爵』就更糟了，我才不要。」

「噗！」

沃爾弗今天第二次克制不住，噴笑出來。

眼見他笑到呼吸困難，妲莉亞不悅地將眼睛瞇成一條線。

「『沃爾弗雷德大人』？」

「對不起……拜託別這麼叫我……」

青年拚命忍住笑意，肩膀不斷顫抖。

◆◆◆◆◆◆

沃爾弗好不容易冷靜下來後，從包包裡拿出三瓶回復藥水。

「這是天狼手環的謝禮。」

「我不是說過只要兩瓶嗎？」

「嗯，但我覺得能多擺一瓶在工作間以防萬一。畢竟我也有可能在組裝魔劍時手滑。」

妲莉亞原本想問他，這是不是在為多送一瓶藥水找藉口，但想想還是算了。萬一他們兩人同時受傷，或受傷的面積較大，多一瓶藥水確實比較保險。

她老實道謝後接過藥水，打算放在工作間的顯眼處。

現在吃晚餐還有點早，但已是餐廳開門的時間。

妲莉亞衝動地吃了兩個大泡芙，吃不太下晚餐。

她為沃爾弗切了點儲備的肉和蔬菜，和上次一樣邊烤肉邊喝葡萄酒。

即使是一頓沒什麼特別食材的平民烤肉，青年仍細細咀嚼，吃得很開心。

妲莉亞喝著酒，偷偷欣賞他的吃相，形成前所未有的餐桌風景。

「這種喝法不太正統，但你要不要試試看？」

沃爾弗餐後坐在沙發上，妲莉亞將一瓶用布包著的白酒遞到他面前。白酒太冰了，她沒辦法徒手拿。

「這是白酒吧？」

「對，這是將白酒冰到快結凍的『冰溫酒』。為了防酒瓶在冷凍時破掉，要先把酒塞拔起來，但香氣也會因此減退。」

這個國家的平民不太在意葡萄酒的溫度。

葡萄酒的運送和保存都很困難。有時也會買到品質不太好的酒。即使買相同品牌，也會遇到味道較酸、較澀等不符喜好的情況。這種時候妲莉亞就會把酒冰起來，做成冰溫酒。

「冰溫酒……我沒嚐過呢。那我就不客氣了。」

沃爾弗接過酒瓶，小心注入兩個酒杯中。

即使將酒杯拿到面前也聞不太到酒香。

「期待這杯初次嘗試的酒，願羅塞堤商會欣欣向榮，乾杯。」

「……願商會欣欣向榮，天天平安，乾杯。」

她苦笑著和對方碰杯，將酒杯舉至嘴邊。

冰涼的酒碰到嘴唇，經過喉嚨，流進胃裡。涼意流過的感覺消除了悶熱的暑氣，使人身心舒暢。

起初是類似冰塊水的感覺，稍後才有淡淡的白酒味在舌尖擴散。

變冰的喉嚨開始感覺到酒精的灼熱時，隱藏的酸味和香氣才甦醒過來。

比起品嚐味道，她更想感受喉嚨的沁涼感，第二口不小心多喝了點。

「……我第一次喝到會辣喉嚨的白酒。」

青年瞇起金眸，盯著空酒杯。

妲莉亞為他注入滿滿的第二杯酒，回道：

「我很推薦這種喝法，儘管香氣會變少，但喝了很涼爽。」

「夏天喝這種酒，全身冰冰涼涼的好舒服……」

「對啊，也很適合冬天洗完澡時喝。特別是長時間泡澡後。」

「妲莉亞，妳真會享受……但這真的很棒。我乾脆向家人要一點冰魔石，在房間裡冰酒好了……」

「這種喝法即使不會喝酒的人也能喝，所以推薦給別人時，最好提醒對方別喝太多。會喝酒的人也要小心別喝醉了。我就見過父親的朋友喝到不能動或突然笑出來。」

「冰過的酒就是這點恐怖，我也小心點好了。」

喝酒本來就是要以喝得開心為主。要是喝太多，搞壞身體就不好了；如果喝到會騷擾別人或完全醉倒，也會給人添麻煩。懂得節制很重要。

「沃爾弗，你在軍營會喝酒嗎？」

「會。我經常和今天出席的蘭道夫、多利諾一起喝。有時也會和其他隊友喝。」

「你會和他們聊魔劍嗎？」

「很少，因為大家都覺得魔劍離自己很遙遠。我們都聊些無關緊要的事，或抱怨各自的煩惱。另外，為了炒熱氣氛，我們還常發起『爆料大會』。」

「爆料大會？」

這個字眼聽起來很不妙。

他們聊的該不會是和騎士團內部或王國政治有關的危險話題吧？

「用女性的話來說就是『講祕密』吧，但可能有微妙的不同。我們喝醉後很常玩這個遊戲。玩法是每人輪流說一個自己說得出口的祕密，大家不能把聽到的事說出去。」

「無論說的人或聽的人好像都很需要心理準備……」

「不，沒那麼嚴肅啦。其實我們一群男人聚在一起，聊的都是女人。像是初戀、喜歡的女性類型、上娼館的經驗……咳咳，念書或工作時的失敗經驗等等。透過訴說這種難以大聲宣揚的事增進彼此的夥伴意識和親近感。」

不曉得這算是女生戀愛話題的進階版，還是退化版，總之兩者很類似。

沃爾弗和伊凡諾的「胸派或腰派」話題可能也屬於這一類。

「這些祕密都不會被人說出去嗎？」

「目前還沒發生過。若有人敢說出去，我們之後就不會信任他了。若真是不可告人的祕密，大家也不會說出口。而且通常玩個兩三輪後，所有人都醉倒了，遊戲也就不了了之。」

沃爾弗接過第二杯冰溫酒，笑著問她：

「妲莉亞，要不要玩玩看爆料大會？說什麼都可以。」

「我願意接受挑戰。」

「輪到的人要先說一聲『爆料大會』。聽者則要將慣用手手掌朝下，放在桌上或地板上。前輩說這個動作代表『我若把祕密說出去，你可以砍我的手』的意思。」

「好恐怖的規則。」

妲莉亞不打算把祕密說出去，但聽到如此極端的做法仍覺得傻眼。這就是騎士風格嗎？

「這是我提議的，要由我先開始嗎？還是公正地擲硬幣決定？」

「擲硬幣好了。」

「擲出正面就由妳先，背面就由我先，可以嗎？」

妲莉亞表示同意後，沃爾弗熟練地彈起硬幣，再用手背接住。閃亮的銀幣正面朝上，刻著王國的名字和麥穗。

「正面，妲莉亞先。說什麼都行。」

「爆料大會。呃……我母親回到娘家生下我後，繼續住在娘家，又生了個比我小一歲的弟弟。」

「令堂比較喜歡待在娘家嗎？這種常回娘家的太太在貴族圈也很多。」

「對。我母親的娘家是貴族，她太喜歡娘家了，最後和我父親離婚，將我交給父親後，就待在娘家和『我弟弟的父親』再婚了。因此我並不認識自己的母親。」

「……對不起，勉強妳說這種事。」

「不會，一點都不勉強。反正你之後一定會從別人那裡聽說這件事，不如由我先告訴你。我們兩家早就斷了關係，我的父母也都過世了。」

妲莉亞拿著還剩很多酒的酒杯，手指逐漸變冰。她在杯外留下指紋，歪起嘴唇說：

「母親原本似乎很愛父親，甚至主動嫁給他，但我出生後她對父親的感情好像就變淡了。儘管如此，父親從未在我面前說過母親的壞話。應該說，他幾乎不曾提起母親。但他一直保留著母親的嫁妝。」

這是在喝酒閒聊，對方又是值得信賴的朋友。

所以，她也將接下來這番話當作說過就忘的抱怨。

「我對母親完全沒印象，但聽說我的髮色和她一樣。那個人拋棄了父親，而我繼承了她的血脈……老實說我覺得被悔婚或許是件好事。因為我無法確定自己的情感，在談戀愛或結婚之後會不會改變。」

母親離父親而去，妲莉亞絕不想變成她那樣。

如果熱烈的情感總有一天會化為泡沫，妲莉亞寧願從一開始就不要有這種錯覺。她不想因此傷害別人，或被人傷害——她腦中一直有這樣的想法。

實際上，她最近的確很少想起和她訂婚兩年的那個人，甚至覺得做魔導具比較開心。

她無法斷言自己不像母親那樣寡情，這就像一根小刺般卡在她心中。

「我不知道妳的情感會如何……但我認為妳就是妳，和妳父母是不同的。而且小孩也不可能一直跟隨父母的腳步。」

「……說得也是呢。」

沃爾弗慎選用詞平靜地說完，妲莉亞不知為何鬆了口氣。

她含糊應了聲後垂下眼眸。剛才說得太激動，以致她現在覺得有點尷尬。

「不知配不配得上妳的故事，但我也來說說家人的事吧。讓妳聽聽貴族的愛恨情仇！」

「貴族的愛恨情仇？」

沃爾弗突然激動地說完，一口氣喝光杯中剩下的酒。

「我母親是伯爵的三夫人，婚前是公爵夫人的護衛騎士，可能因為長得很漂亮，又有冰魔法能力，而嫁給我父親，卻生下了不太會魔法的我。父親似乎對我不感興趣，我向母親學習了劍術，加入魔物討伐部隊一直到今天……這些我大多都說過了吧？」

「對，你說過。」

「接下來是爆料大會。我十歲某天前往家族領地的途中，馬車遭到襲擊，包含母親在內共有二十人身亡。在母親和騎士們的保護下，我、大夫人和哥哥活了下來。後來我一直懷抱失去母親的痛苦，認為自己不該和任何人有牽連。不久前我才知道，原來哥哥比我更痛苦，因為他認為他害我失去了母親。我太幼稚了，從來沒考慮過哥哥的心情。」

沃爾弗訴說著慘痛的回憶，臉上卻掛著不帶悲傷的笑容。

「幸好我現在知道了。不然我還是那麼幼稚，以為只有自己痛苦，一直在逃避。」

「沃爾弗……」

「我太弱了，所以才想得到魔劍。」

「你已經很強了。」

「這樣還不夠。我的目標是面對人類時，無論有多少敵人，我都能贏；面對魔物時，可以盡量迅速將之打倒。我不會魔法，能讓我擁有這般力量的只有魔劍……不，這只是表面上的理由。」

他的話語中透著自貶，那股情緒消退後，留下的是極為認真的表情。

「我最初是因為不想再作惡夢，不想再夢到倒在地上的母親、無能為力的自己。不過，如今我更想變強，贏過母親。所以想得到魔劍。」

「你想贏過你母親？」

「對，我母親是冰魔法劍士，實力非常強。」

「連現在的你也贏不了她嗎？」

「我連用想像的都沒有勝算。不過天狼手環讓我感覺更接近她了。」

沃爾弗若能和母親切磋，一定會發現那是錯覺。然而，母親用厚重的劍和冰魔法連續出招的印象仍深植在他心中。

「那麼我們得努力開發出厲害的魔劍才行，一起加油吧。」

「謝謝，我很期待。我也會加倍鍛鍊的。」

妲莉亞的話語讓沃爾弗放鬆表情，露出微笑。

她明知道這個目標很困難，但聽到對方很期待，她又有了動力，個性真是單純。

「沃爾弗……我有時也會作惡夢，夢到周圍明明有人，我卻無法向任何人求助，一個人趴著死去。」

她語帶猶豫地說出自己回想起的「惡夢」，但這其實並不是夢。

這是前世的她最後一段記憶。就某方面而言，這或許是她最深的祕密。

「妳若再作這個惡夢，就把我召喚到夢中吧。我一定會救妳的。」

「要怎麼做？」

儘管沃爾弗好心想幫她，但這個方法完全不可能實現。不，實現了反而更恐怖。

「或許可以開發這類魔導具？」

「別說傻話，『進入別人的夢境』已經超出魔導具的範圍了。」

「我相信妳能開發出來！一定可以！」

「就說沒辦法了！」

沃爾弗一如往常地拚命開她玩笑，她大聲嗆了回去。

兩人的談笑聲持續在塔內響起，直到深夜。

雨後的掃墓

早上下了場小雨，中午前就停了。

王都東北方，經過神殿後繼續往前走，會看到一大片由綠樹和灰色磚牆圍住的墓地。王都的居民過世後，無論貴族或平民都葬在這裡。

這片墓地由神殿管理，但不是信徒也可進入。公墓區幾乎免費，據說統一埋葬是為了防止屍體傳染疾病，以及變成不死者（undead）。

妲莉亞在停車處下了馬車，踩上雨後有些溼滑的石板地。

沃爾弗說自己的鞋子不會滑，替她拿了花束以外的所有東西。

他今天穿著黑騎士服，戴著妖精結晶眼鏡，揹著用深藍布料包裹的長形物，看起來像劍，手裡拿著兩個裝了酒和酒杯的包袱。妲莉亞則只拿著兩個小花束，紅白各一束。

昨晚兩人分別之際，沃爾弗問了妲莉亞今天的計畫。

妲莉亞說她要去替父親掃墓，剛好沃爾弗母親的忌日要到了，他替母親訂了花。他說要請馬車順道來載她，她起初婉拒，但又想到下午他們倆要一起去商業公會，最後還是應下。

他們一起穿過墓地入口高聳的白門，接下來要分頭走，貴族墓地在左，平民墓地在右。斯卡法洛特家無疑屬於貴族墓地，妲莉亞的祖父和父親雖然是名譽男爵，卻葬在平民墓地。

「接下來要分頭走了，我家的墓地在這個方向。」

妲莉亞說著便想向沃爾弗拿回行李，對方卻理所當然地想往平民區走。

「一起走吧。我先去妳家的墓地祈禱完，再去祭拜我母親。」

「咦？」

妲莉亞愣了一會兒後，視線從沃爾弗身上別開。

「妲莉亞，妳怎麼了？」

「呃……以平民而言，除非是互許終身的戀人或婚約者，否則不會去別人家的墓地。另外，只有在訂婚或結婚後，兩個人才會去雙方家的墓地祈禱……所以，你剛剛那種說法會讓人誤會……」

「對不起，我不知道。真的……」

「沒關係！我不會誤會的！」

「……這樣啊。」

妲莉亞奮力辯解，沃爾弗不知為何望著遠方。

這怪異的氣氛，應該是貴族和平民間高牆般的習慣差異導致的吧。

兩人尷尬地約好等一下在停車處會合，各自步上左右兩條路。

斯卡法洛特伯爵家的墓地位於貴族區邊緣。

他們家原本的身分是子爵，因此墓地不大，但平民墓地仍無法與之相比。沃爾弗爬了六階石階，來到稍高於地面的祭祀空間。

他走向兩個並排的純白圓柱狀墓碑。

墓碑前放著一束新鮮的百合，上頭沾著雨水。他將自己帶來的白花束放在那束花旁邊，並將手帕和酒杯放在墓前的矮桌上，小心地注入白酒。

他摘下妖精結晶眼鏡後，啟動防竊聽魔導具。

「母親，好久不見……」

他從未在墓前開過口，今天卻有點想和母親說說話。

「前幾天我和古伊德哥哥聊過。聽說父親也會來看您。我……太幼稚了。要是您還在，肯定會狠狠罵我一頓吧。」

沃爾弗以為沒有別人會為母親傷心，難過的只有他自己。

他因為害怕受傷而與人保持距離，避開麻煩的事。

儘管早已長大成人，他的心理狀態仍和那天沒兩樣。

不過，他不想再這麼幼稚，不想再逃避下去。

昨晚妲莉亞語氣平淡，卻露出受傷的眼神。

外表堅強的她流露些許膽怯與脆弱。沃爾弗不想讓別人看到她這副神情。

「我有了一個想守護的朋友。」

彷彿第一滴雨般，沃爾弗喃喃說出這句話。

「她拯救了徬徨無助的我，還做了能保護我的魔導具。以後或許能做出厲害的魔劍。我現在總給她添麻煩，但希望有一天能保護她。在這之前，我必須強大到足以贏過您才行。」

小時候，母親曾問他：「你想成為怎樣的騎士？」

當時他以為母親指的是戰鬥類型，例如攻擊型或防禦型，力量優先或速度優先。

但他現在認為，母親的意思或許並非如此。

「抱歉讓您等了這麼久，您當年問我『想成為怎樣的騎士』，我的目標是『能守護想守護的人』。身為騎士，給出這樣的回答或許有些失格，但這是我的心願。」

深藍色的布裡裹著母親那天用的劍。

原本斷裂且傷痕累累的劍經過細心修復後，收藏在母親的武器房。

沃爾弗沒有將布解開，直接用雙手捧起，向墓碑致意。

傳說為守護某人而死的騎士，死後也會以靈魂守護心愛的人。

這可能是他們國家特有的傳說，或是一種安慰生者的方式。

不過，如果這個傳說是真的，沃爾弗有一個願望。

「我是有能力戰鬥的人。如果可以，我希望這份守護能轉移給我的朋友妲莉亞——」

沃爾弗閉上金眸，祈禱了很久。

●●●●●●

放眼望去，被雨沖刷過的圓柱狀墓碑每個都像新的一樣閃閃發亮。

妲莉亞在一處停下腳步，那裡有許多相同的灰色墓碑。

這是她祖父母與父親長眠的小墓地。墓地上的圓柱剛好和她雙手比出的圓形一樣粗。

似乎有人來看過父親。墓前擺著一小瓶他愛喝的酒。

王都盛行火葬，將化作粉末的骨灰葬在墓碑下，回歸大地。

父親過世後，她將棺木交給神殿處理，隔天神官便給她一個手掌那麼多的純白骨灰。她移開墓前的條狀石板，將裝在玻璃盒裡的骨灰撒在墳墓下。

她還記得當時些許骨灰被風吹起，令她不知所措。

妲莉亞有一個半月沒來掃墓了。

她本來要在登記結婚當天和托比亞斯一起過來。沒想到後來卻被悔婚，交了新朋友，成立商會，還去了趟王城，過著忙碌的日子。

她將紅花束供奉在墓前，倒了兩杯紅酒，一杯放在墓前。

她拿起另一杯，和墓前的酒杯輕輕相碰。

「爸爸，我和托比亞斯結束了。你如果有看到事情經過，應該不會生氣，對吧？」

父親如果只看過程，一定會痛罵托比亞斯；但要是看到她現在過得這麼好，應該會說「無可奈何，但也算好事啦」且一笑置之吧。

「我成立了羅塞堤商會，伊凡諾先生主動加入商會幫助我。我還去了王城。沒想到第一筆賣出的是五趾襪和鞋墊，但對方很高興喔。我當初只想做給你用，真不可思議呢……」

妲莉亞小聲地說著，輕晃酒杯。

「我以前都不知道你這麼喜歡『賣人情』。你幫了傑達子爵、嘉布列拉，還有奧茲華爾德先生……說不定還有更多人。」

商業公會長、副公會長及魔導具店「女神的右眼」的老闆。

妲莉亞作夢也沒想到父親會賣人情給這些人，託他們照顧自己的女兒。

她很想吐嘈父親連死後也這麼保護女兒，但這就是她父親的作風。

「你平常是個懶散又隨便的人，卻偷偷做這麼帥氣的事，太犯規啦。」

她不禁對著墓碑嘟嘴抱怨。父親如果在場，肯定會回以苦笑。

「不過……謝謝你，爸爸……」

她呢喃著，輕觸墓碑。

一滴透明水珠落在酒杯旁。

父親過世已有一年，老實說她直到最近才完全接受父親的死。

父親死後，她喪失了現實感，一直過得渾渾噩噩。

她克制自己的情感，一心只想平淡地過生活。

她配合前未婚夫，扼殺自己，想當個理想的妻子。後來卻被悔婚。

墳墓下的父親想必很擔心女兒，無法安息吧。

「……謝謝你為我的未來考慮了這麼多，但我不能一直依賴你，不然永遠都會是不成熟又令你操心的女兒。」

妲莉亞從小就認為自己一生都無法成為超越父親的魔導具師。

父親的魔力、技術、設計實力、對於魔導具的知識都讓她望塵莫及。

不知從何時起，她開始告訴自己，只要跟隨父親的腳步、跟隨未婚夫的腳步就好，這樣她就能安安穩穩地過一生。

或許是因為她前世過勞死，死亡當下身旁沒有任何人，太過孤獨恐懼才會有這種想法。
不過，從被悔婚而決定不再妥協的那一天起，她改變了很多。

她至今仍深愛著父親。
父親過世後，妲莉亞深切體會到父親有多愛她、多保護她。
身為女兒，身為魔導具師，妲莉亞打從心底感謝父親的悉心栽培。
然而，她也知道自己不能一直跟隨父親的腳步，仰賴父親的庇護。
她心中有恐懼，有不安，也有迷惘。
儘管如此，唯有自己做出選擇，用自己的腳，在自己的道路上前進，才能成為大人。
唯有成為大人，才能讓父親放心安息。

「我的魔力和技術都遠遠不足，不知道要花幾十年，但是……」
妲莉亞揚起視線，望著墓碑，以明確的聲音宣告。
「我想成為超越爸爸的魔導具師。」

想起父親的寬大背影，以及指尖冒出的強大七彩魔力，她不禁覺得這夢想遙不可及。
她因為有前世才有這麼多點子，受到好評。
她的知識還不夠，技術也遠不及父親。
不過，活著的時候有這樣一個目標也不錯。

「我認識了一位願意支持我的重要朋友。我不是孤單一人，一定沒問題的。」
妲莉亞朝墓碑努力露出燦爛的笑容。
沃爾弗是她很重要的朋友，真心支持她的魔導具師工作。
伊爾瑪和馬切拉、伊凡諾、嘉布列拉、多明尼克等許許多多的人也支持著她。
多虧他們幫忙，妲莉亞才能不妥協也不止步，一路走到了這裡。
雖然仍有不少問題和煩惱，但她終於能真心展露笑容，積極迎接每一天。
所以，妲莉亞希望父親別再為她擔心。
她已不再是父親的「小妲莉亞」。
即使跌倒，她也能自己站起來。

「我總有一天，會成為比爸爸更厲害的魔導具師……請好好期待。」

她將酒杯舉至和墓碑同高，酒杯上映出七色的彩虹。

番外篇 父女的魔導具開發紀錄～防水布～

「妲莉亞……睡著了嗎？」

卡洛常因為在工作室不小心睡著，常被女兒罵。今天女兒本人卻趴在工作桌上睡著了。

工作桌上有一大片白布，以及裝有藍色和綠色粉末的瓶子。那是藍史萊姆和綠史萊姆做的粉末。

卡洛擔心她會吸入粉末，便將打開的玻璃瓶小心蓋好。

妲莉亞最近想用史萊姆當作賦予素材，做出具有防水效果的布。

但她進行得不太順利。

卡洛很少聽到有人在製作魔導具時，用魔力微弱的史萊姆當賦予素材。

無論在書店或學院的圖書館，都找不太到關於史萊姆的研究文獻。

妲莉亞向冒險者公會訂購史萊姆時，對方還覺得奇怪，起初給了她一批沾滿泥巴的史萊姆，很不新鮮，還有臭味。不但種類不齊全，數量也不夠。

後來問題仍層出不窮，像沒死透的藍史萊姆從瓶子裡逃走，曬在屋頂的綠史萊姆被鳥叼走，連下好幾天雨使史萊姆腐壞等等。

妲莉亞也遇到了危險。

她將史萊姆磨成粉時咳嗽不止，卡洛不由分說地叫她喝下回復藥水。

可能是紅史萊姆粉灼傷了她的喉嚨，這樣一來連聲帶也有危險。但她本人認為自己明明沒事，卻浪費了昂貴的回復藥水，因而不太高興。

卡洛對付沒死透的黑史萊姆時，為了維護父親尊嚴，裝出輕鬆擊敗史萊姆的樣子，實際上卻嚇得膽戰心驚。

不過他女兒仍不斷研究、試做，從未想過要放棄。

她反應有點慢，和人相處時也比較內向，卻是個勇於嘗試的魔導具師。

換個說法，也能說是做事魯莽。

卡洛很清楚女兒個性像誰，因此也不好意思阻止她。真是傷腦筋。

「妲莉亞、妲莉亞……」

卡洛輕聲呼喚，搖了搖女兒的肩膀，但她沒有反應。看來她睡得很沉。

十年前，他還能將睡著的女兒抱回房間、放在床上，哄她睡覺。然而他現在白髮變得比黑髮還多，已沒有心力扛起就讀高等學院的女兒。

幸好這段時期還算暖和。卡洛放棄叫醒女兒，將自己的外套蓋在她身上。

蓋上外套那瞬間，他的右手腕刺痛了一下。可能最近工作太操勞，關節炎又發作了。

他最近也經常心悸，可能是因為喝太多酒，又上了年紀。

以前能被同樣大小的外套完全裹住的「小妲莉亞」，已經長這麼大了。

她從五歲開始學習成為魔導具師，最喜歡魔石和魔石圖鑑。她很早就想做魔導具，還和父親一起著手開發。

妲莉亞從初等學院起向女僕學做菜，做出許多充滿個性的料理。卡洛頻頻稱讚好吃，吃了一陣子卻變瘦了。幸好後來她的手藝明顯進步，如今卡洛每天都很期待吃飯時間。

她十六歲成人時，第一次喝到葡萄酒，深深皺起眉頭。卡洛原以為女兒和自己不像，不喜歡酒，如今她卻能在晚餐時陪父親小酌，而且酒量還滿好的。

他們還能一起住在綠塔多少年呢？恐怕不長了吧。

卡洛覺得和妲莉亞一起生活很快樂。不過他最近開始擔心這樣的自己會害妲莉亞找不到對象。

這座塔只有他們父女倆，應該沒人想住進來當女婿。他總有一天得放手讓女兒嫁出去，女兒也差不多到了該考慮婚事的年紀。

然而，他女兒對戀愛毫無興趣，也沒有戀愛的跡象。

卡洛也曾想過會不會只是女兒瞞著他，但前幾天聽到她的童年玩伴伊爾瑪嚷嚷說：「妳每天一直唸著史萊姆、史萊姆！是想嫁給史萊姆嗎！」卡洛深感認同。

看來女兒沒有戀愛緣也是一大問題。

卡洛戴起老花眼鏡，坐在妲莉亞身旁的椅子上，確認魔導具的訂單。

他看見些許藍史萊姆粉撒落在工作桌的邊緣，想了一會兒，從櫃子裡拿出好幾種魔導具用的藥液。

妲莉亞目前只在史萊姆裡加入一種藥液。但卡洛研判，混合多種藥液應該比較有效。不過他若替女兒做這件事，等於在妨礙她做研究。

他壓抑想嘗試的心情，將看起來最合的四種藥液由右至左排放。

接著他再次確認藥液擺在女兒碰不到的位置，以防她睡迷糊，不小心撞到。

或許他仍是個過度保護女兒的父親，才會動不動就擔心這些事。

卡洛看著桌上的藍史萊姆瓶，忽然想起往事。

在藍天下，那個「小妲莉亞」第一次向他討抱抱，他用雙手將女兒抱起。

她的身體那麼輕、那麼小，笑容卻無比耀眼。只要能守護那個笑容，不管要他當聖人或當惡徒，他都願意。真是個天真的父親。

見到幼小的妲莉亞跌倒時，他總忍不住衝過去幫忙，但每次都被女僕罵。

「卡洛先生太保護妲莉亞了！要讓孩子學會自己站起來才行！」

女僕總是這樣苦口婆心地勸說。

到後來，妲莉亞跌倒時甚至會說：「爸爸不要過來，你會被罵的！」制止卡洛幫忙，靠自己站起來。他這個做父親的真難為情。

卡洛雖然是個不錯的魔導具師，卻是個不夠格的父親。

他能教女兒學業和魔導具師的技術，但無法告訴她女性的生存之道及處世方法。

他希望能稍微補償女兒，便一直悄悄拜託身邊的人。

他總說這是「人情」，但這其實是「請求」。

卡洛不斷用小小的人情作交換，告訴對方如果自己不在了，請在妲莉亞有困難時幫助她，向她伸出援手。

被拜託的人聽了都會笑，可能對他過度保護女兒的行為感到傻眼吧。

賣這些人情說不定終究徒勞無功，但他並不在意。

若妲莉亞知道這件事，會不會感謝他？還是會笑他呢？不對，他最希望的還是女兒過得順遂，別遇到任何困難。

將來等妲莉亞找到能共度一生的伴侶，他也將魔導具師的知識和技術全部傳授給弟子之後，他就能滿足地長眠了——卡洛想到這裡便苦笑了起來。

不，不是這樣。

無論陪在女兒身邊多久，他還是會捨不得，還是會為女兒操心。

女兒結婚後，他又會想抱外孫，外孫出生後，他甚至會為外孫操心。

要是他還和妲莉亞的母親在一起，他就能笑著送女兒出嫁，不為她的未來擔心嗎？

不，一定不是。

神要人們「無悔地活著」。到底要怎麼做才能達到這個目標？

神殿的神官們反覆高唱「循正道而活，心懷友愛而活，無悔地活著」。

卡洛聽了覺得刺耳，究竟是因為他老了，還是因為他沒能遵循這些道理？

他小時候整天只會調皮搗蛋，讓父母頭疼。學生時代熱衷於玩樂與實驗，給朋友和老師添了許多麻煩。還沒來得及孝順父母，他們便相繼病逝，令他傷心不已。成為魔導具師後經歷無數次失敗，每次都在痛苦中打滾，悔恨到咬牙切齒。

他談了場轟轟烈烈的戀愛後結婚，最後以離婚收場，害得女兒少了母親的陪伴。

卡洛的人生充滿「當時如果怎樣就好了」的悔恨。

就這樣過了大半輩子的他，最近越來越常參加朋友、熟人的葬禮。恐怕不久之後就輪到他被送走了。

他畢竟會先走一步，或許也該為女兒尋找可靠的伴侶了。

身為男爵之女的妲莉亞，也收過一些相親邀約。但卡洛認為拘謹的貴族生活不適合她。

妲莉亞是個技術不錯的魔導具師，但那優秀的創意與執行力可能會為她帶來危險。因此需要一個理性的伴侶為她踩煞車。

卡洛推了推下滑的老花眼鏡，看見靠在工作室牆邊的銀板散發光芒。

那片銀板被均勻地賦予了硬度強化魔法，以第一次的作品而言做得相當漂亮。

那是他朋友的兒子，也是他弟子托比亞斯做的。

托比亞斯並非出身自魔導師或魔導具師家族，卻憑著努力進入學院，一心想成為魔導具師。

他勤奮、沉穩，和妲莉亞一樣不懂戀愛為何物。

不過他仍悄悄為師妹妲莉亞擔心，就像哥哥為妹妹擔心一樣，讓卡洛看了很放心。

卡洛單純希望他們能以師兄妹的身分繼續互相幫助。

朋友提議想讓兒子托比亞斯和妲莉亞結婚，種種條件對彼此都不錯。

然而卡洛完全無法想像他們從師兄妹變夫妻，一同歡笑的模樣，因此遲遲無法答應這個提議。

老實說他覺得過度保護又怎樣，就算有人說他傲慢，他也不在意。

如果可以，他想幫女兒找到可靠的伴侶，為女兒開創平坦道路，排除所有風險。

那個男人必須一直守護妲莉亞，而非像他這樣，連妻子都守護不了。

他希望女婿像妲莉亞即將完成的防水布般溫柔地包覆她，為她抵擋冷雨和強風。並且將她護在身後，不讓她受一絲傷害。

卡洛不要地位和名聲，只要平凡的生活。

但他希望妲莉亞一生都幸福——

這是他身為父親，微小而遠大的願望。可惜他無從確認願望能否實現。

「妲莉亞，妳醒了嗎？還在睡啊……」

熟睡的妲莉亞變換姿勢，身上的外套掉在地上。她似乎正作著美夢，露出孩子般的笑容。

卡洛撿起外套，再次蓋在女兒肩上，然後自嘲地笑了。

女兒不會永遠都是他懷裡那個「小妲莉亞」。對於這個過度保護的老爸，女兒小時候就曾說：「爸爸不要過來，你會被罵的！」她下次會怎麼責備爸爸呢？

說不定堅強的女兒只會笑著說：「你不用再為我擔心了。」

即使有一天，妲莉亞偏離了平坦的道路，選擇走自己的路也沒關係。

那是身為獨當一面的魔導具師，身為一個大人所必須做的事。

無論是陡坡還是充滿荊棘的道路，他都會佩服女兒的勇氣，給予祝福。

在這之後，他唯一能做的就是為女兒祈禱。

祈禱那條路上會有好事發生。

國家圖書館出版品預行編目資料

魔導具師妲莉亞永不妥協：從今天開始的自由職人生活 / 甘岸久弥作；馮鈺婷譯. -- 初版. -- 臺北市：臺灣角川股份有限公司, 2021.05-
冊； 公分. -- (Kadokawa fantastic novels)
譯自：魔導具師ダリヤはうつむかない ～今日から自由な職人ライフ～
ISBN 978-986-524-411-8(第2冊：平裝)

861.57 110003646

Kadokawa
Fantastic
Novels

魔導具師妲莉亞永不妥協 ~從今天開始的自由職人生活~ 2

（原著名：魔導具師ダリヤはうつむかない　~今日から自由な職人ライフ~ 2）

2021年5月10日　初版第1刷發行
2024年7月16日　初版第2刷發行

作者：甘岸久弥
插畫：景
譯者：馮鈺婷

發行人：台灣角川股份有限公司
總監：呂慧君
總編輯：蔡佩芬、朱哲成
主編：林秀儒
編輯：高韻涵
設計指導：陳晞叡
美術設計：李思穎
印務：李明修（主任）、張加恩（主任）、張凱棋、潘尚琪

發行所：台灣角川股份有限公司
地址：104台北市中山區松江路223號3樓
電話：（02）2515-3000
傳真：（02）2515-0033
網址：www.kadokawa.com.tw
劃撥帳戶：台灣角川股份有限公司
劃撥帳號：19487412
法律顧問：有澤法律事務所
製版：尚騰印刷事業有限公司
ISBN：978-986-524-411-8